一丈红绫

蕙馨斋 著

北京出版集团公司
北 京 出 版 社

图书在版编目（CIP）数据

一丈红绫 / 蕙馨斋著. — 北京 ：北京出版社，2019.4

ISBN 978-7-200-14499-4

Ⅰ. ①一… Ⅱ. ①蕙… Ⅲ. ①长篇小说—中国—当代 Ⅳ. ①I247.5

中国版本图书馆CIP数据核字（2018）第262088号

一丈红绫

YI ZHANG HONGLING

蕙馨斋 著

*

北京出版集团公司 出版
北京出版社

（北京北三环中路6号）

邮政编码：100120

网 址：www.bph.com.cn

北京出版集团公司总发行

新华书店经销

三河市同力彩印有限公司印刷

*

889毫米×1194毫米 32开本 9.25印张 300千字

2019年4月第1版 2024年3月第2次印刷

ISBN 978-7-200-14499-4

定价：38.00元

谨以此书献给我的挚爱亲朋

目录

1

第一回

喜逢腊月　常家院忙过大年
突遇不测　小桂生懵懂无知

常桂生穿着父亲昨天刚从上海带回来的小洋装、小皮鞋，喜滋滋地骑在她的小黑马驹上。管家田阿贵的小儿子田卫青在前面替她牵着小马的缰绳，沿着大门前的林荫大道慢慢地遛着。

快过年了，林荫道上的风格外犀利，刮得人脸上、手上生疼。

“大小姐，我们回屋吧，等一歇你该冻伤风了。”八岁的田卫青拿袖子抹了一把清水鼻涕，回头对五岁的常桂生说。

常桂生是雪堰桥一带有名的大户——常家的四老爷常越山的独生女儿，因为一直拿她当儿子养着，所以取了个男孩儿的名字：桂生。

常越山兄弟四人，并无姐妹，父母双亲早已辞世，老二常越林、老三常越木也于前两年陆续染病去世，竟未留下一个子嗣。老大常越森只有一个儿子名叫常桂明，常桂明生了一儿一女，儿子取名常启东，女儿取名常启霞；这常越森比老四常越山整整大了二十岁，所以反搞得这常启东倒比姑妈常桂生大了两岁。常家老兄弟几人并未分家，一个大庄园，虽各有各的院，但一呼皆应，以便在这兵荒马乱之时彼此有个照应。

这会子常桂生骑在小马上，小脸被风吹得通红，嘴唇冻得乌紫，可就是赖着不肯回屋。

“桂生，”母亲常张氏站在大门口大声叫道，“倷（你）个痴丫头，快转（回）来，冻煞特（死）了。再不转来，格（这）洋装过年就不让倷穿了。”桂生本来打算再赖一会儿，可是听到后半句只好乖乖地回屋了。常张氏将女儿抱下马，随手摸了摸田卫青的脸，“哎呀喂！冰冰凉。卫青，倷也赶紧去厨房烤烤火去，倷姆妈正忙晚饭呢，喊俚（她）给倷煮点姜茶吃（喝），就说我说的，多煮点，让桂生也吃点，快过年了，别赶过年再病了。”

“是。四太太。”卫青答应着牵了马去马棚。

常家平时吃饭是各房各吃各的，逢年过节就都在一起吃，图个热闹，尤其是过年，进了腊八就开始晚饭几房并在一处吃，全都聚在老大常越森处。饭桌上男人们免不了要论一论时局，谈一谈未来。常越森抿了一口家酿的米酒，笑道："今年的米酒酿得好。"又转脸问常越山，"老四，你这趟去上海，看怎么样啊？能在上海开个门市吗？"

"我看没问题。"常越山信心满满地说，"上海人肯定认我们的米和酒，还有我们的香油。开年让桂明再跟我一起去一趟，我看中了两处地方，都在租界里头，安全，还能挣洋人的钱。"常桂明听见常越山的话立刻笑道："行啊，四叔，我也正想去大上海开开眼界呢。四叔你多教教我。"一旁正吃饭的常启东闻言嘴里含着饭也嚷嚷道："阿爹去，我也要去。"常桂生一听常启东要去马上也叫道："不行。我也要去，我也要去大上海。"常桂明瞪了儿子一眼，道："把饭咽下去再说话，没规没矩。"吓得常启东赶紧低头吃饭，桂生也伸了下舌头忙低头吃饭。

"都去，都去。"常越山笑道，"饭吃得不干净的就别去了。"又转脸对常越森道，"对了，大哥，你知道吗？皇上被撵出紫禁城了。"

常越森大惊道："是吗？啥人弄的？啥辰光的事？"

"西北的冯玉祥。也就是上上个月的事。"常越山道。

"夏天孙文刚在南边搞了个什么黄埔军校，这会子北边的冯玉祥干脆占了紫禁城了！这可真是天下乱为王了！"常越森叹了口气，"过完年，我们再招些个护院的吧。单靠家里现在这几个人，万一有个事，太单薄了。"

常桂明闻言笑道："爹你多虑了。方圆数百里，谁不知道我们常家，尤其是四叔的名头，大刀常四，谁人不知？哪个不晓？谁敢自讨没趣？"

"你懂什么？小心驶得万年船。"常越森道，"对了，老四，年后你联络联络，搞几杆枪，别老是靠那大刀片子，我看不如人家那枪管用。"

常越山连连点头道："大哥说的是，我也正想着呢。出了正月我去趟上海，把这些事一起都办了。"

"对了，韩先生丁忧该结束了吧？跟他联系了没？"常越森道，"过完年启东都八岁了，该读书了。虽说我们祖上是武举出身，但你要是肚里没点墨水，打到死也是个兵，成不了将。"又看了看常桂生和常启霞，"桂生和启霞也一起上吧，虽然是毛丫头，可也不能做个睁眼瞎。”

常桂明赶忙应道：“都安排好了，爹。四叔说他们院西厢房空着呢，几个孩子做学堂连同韩先生的住宿，全都没问题。”

“……”

三个孩子吃完饭聚在院里闹腾了一会儿就被各自的妈拖回自家院里洗漱去了，二娘、三娘孤家寡人，都没回娘家，全都留在常家守节，晚上没事便跟过西院来逗了一会儿桂生才各自回屋休息。母亲常张氏将桂生的新衣服挂在她小床的木架上。桂生不让母亲吹灯，美美地看着上海带回来的小洋装，迷迷糊糊地就睡着了。

不知过了多久，桂生被一阵吵闹声惊醒，刚打算撇嘴哭，却被母亲一把捂住嘴，“别出声。”母亲低声道。

屋外人喊马嘶，常越山一把抄起床边案头上架着的大刀。“小婉，”小婉是常张氏的乳名，“你们别动，就在屋里待着，这动静像是大哥那边的，我过去看看。”常越山说着就出了门。

“四哥，”常张氏抓起床头的棉袍，“倷披件衣裳，别冻着了。”说着追到门口，刚打开门，只听“噗”一声闷响，常张氏便应声倒在了地上。

桂生看着眼前的一切，完全不知道发生了什么。她揉了揉眼睛，咽了口唾沫，嘟囔道：“姆妈，我渴。”

第二回

用心良苦　刁土匪预埋眼线
防不胜防　奸内鬼潜做策应

却说雪堰桥往北大约一百二十里地有座秦望山，山上不知何时起聚了一伙土匪。这伙人大多来自江北，性情暴戾，手段残忍，方圆几十里无人敢居住。

“天王，雪堰桥递线眼的丁阿三回来了。”匪窝里排行老四兼师爷的舵爷一手盘着两只石蛋，急步走进议事厅。所谓议事厅，不过就是间大屋子，搁了几把椅子；舵爷上过几天私塾，知道些梁山好汉的故事，就学人家宋江一伙也搞个议事厅，还排了个座次，叫作天王、大王、老摇、舵爷、大哥、二哥，然后顺着往下排。

自号“天王”的匪首吴天贵笑道：“他奶奶的，老六是真沉得住气，快半年了，到底有信来了，再不来，兄弟们今年过年都得喝粥了。”

丁阿三一副庄稼汉打扮："见过天王、大王、老摇……"

"行了行了，"吴天贵不耐烦地打断他的话，"别废话了，说要紧的。"丁阿三干咽了一口唾沫。吴天贵见状道："给他倒碗酒。"

"水就行。还要赶回去，不敢误事。"丁阿三道，"二哥说这几天常家忙着送灶的事，男女老少都累了，酒坊也歇了，明天夜里动手最好。这是二哥画的常家大院的地图。"丁阿三说着从怀里掏出一张折叠好的图纸。舵爷伸手接过递给天王，吴天贵打开一看笑道："这念过几天书的就是不一样，老六还真行。来，来，来，你们都来看看。"

常家大院坐北朝南，四面都是约四米来宽的护城河式的水围，平时水围里养些鱼虾，到了年底便起出来或吃，或腌，或卖，也放养些鸭鹅，却是从来不卖，只平时自家吃。常家的地大部分集中在水围东边。田埂头上紧挨着水围有一排房子和水围内长工的住所隔河相望，是给农忙时来帮镰的季节短工居住的，闲时便空着。水围内侧北面是个酿酒的小作坊，本来只是酿了自家喝的，不想常家老二常越林对这酿酒情有独钟，潜心琢磨，把这酒是越酿越好。常桂明从小便跟着二叔钻酒坊，常越林去世后，常桂明青出于蓝而胜于蓝，改良了酿酒工艺，还改造了酒坊，“常家老白酒”近几年声名鹊起，常家老少便一心想将这酒打入上海滩。酒坊平时日夜开工，虽说年底订酒的人多，但送完灶就熄火停工了，只留了一个打更的老头。水围内侧东北角上是仓房和圈养牛、马、猪、羊、兔、鸡等的牲口棚，靠东一溜是下人的住处，现有四个干了十多年的长工和两个秋天新收的壮力，以及管家田阿贵一家。田阿贵有四个孩子，三儿一女，年纪各相差一岁，女儿最大，最小的儿子田卫青开年九岁。几个孩子平时也在庄上做些放牛、放马、喂猪、喂鸡之类力所能及的事。

正对着庄院大门水围子上架着一座木桥，只有这一条道进庄，一条两侧栽着两排柳树的林荫大道五六十米直通庄院大门。桥边有个更房，从早到晚都有一人守着，觉得势头不对就鸣锣向庄内报警。大门内侧紧挨着大门有间更房，两个护院并两条大狼狗昼夜巡逻。正对着大门的是常家祠堂，这祠堂原本是常家老宅，二老去世后，常氏兄弟将这三间老宅的间壁打掉，修成祠堂，以祠堂为中心，左右两侧各修了两进独院。本来紧挨着祠堂的是老大常越森和老二常越林，但自从老三常越木去世后，老大常越森便换到了最东边的院子，这样他和老四常越山便将两个守节的弟妹护在了当中。四个独院朝南各有一个正门，面向大门内的大院，大院南边靠院墙东西角上各有一棵老槐树，西边树下支着常越山的各式家伙，刀枪棍棒、石锁、铁链之类的。各院内院皆有一个护院住在靠南边院墙盖的更房内，平时几个护院也时常和常越山在大院里操练切磋。

常越山便住在紧西边的院内，四个小院格局差不多，都是坐北朝南三间正房。各院除了配一个护院，另各配粗使做饭的老妈子一个，洗衣浆裳、端茶递水的丫头一名。常越山的院内靠西边一排四间厢房，一间做了厨房，一间老妈子和丫头住着，另外两间打算开年用作私塾。三间正房，中间是小厅，西屋本来打算让常桂生住，但她不肯，也就算了，便将她的小床也铺在了常越山夫妇住的东屋里。本来东西两屋需从小厅的侧门进入，常越山喜欢开阔，便在东屋也开了扇朝南的门，两扇门倒是串风，夏天也更风凉。祠堂因是老屋改建，所以没有后来的院子进深长，因此索性将二房、三房的院墙之间修了个小花园，正好与祠堂连成一片，倒也气派、美观。老二老三的院子里除了三间正房，一个在西面有两间厢房，一个在东面有两间厢房；一间做厨房，另一间皆是老妈子和丫头用着。

老大常越森夫妇住在东院正房西屋，孙女儿常启霞比常启东大两岁，跟着爷爷奶奶住在正房东屋。西边一排三间虽是厢房但建得与正房差不多大，只是比正房略矮些，也有个小厅。靠北一间本来是打算给常启东用的，但是常大娘子舍不得，一直带着儿子一起睡，弄得常桂明只好孤身一人睡在北屋里。东边两间厢房，和别的院一样，一间厨房，一间佣人房。

几个匪首拥过来看了一气图纸，吴天贵对丁阿三道："行，阿三，这个事你和你表哥干得漂亮，等事成了，给你俩记头功。先去伙房吃饱再走，回去告诉老六，明天夜里三点动手，暗号乌鸦叫，外头两声短，'呱呱，呱呱'，里头两声长'呱！呱！'都记住啦？"丁阿三连连点头答应着出去了。

"舵爷，你通知下去，明天下午两点开饭，不许喝酒。"吴天贵道，"人吃饱，马喂足，吃完直奔雪堰桥常家。常老四可不是吃素的，都警醒着点。一路上不许叽喳，要神不知、鬼不觉。”说完掏出怀表，“你们几个，有表的都对对钟点。”

“行。天王，放心，我这就去安排。”舵爷应道。

第三回

百密一疏　常越森引狼入室
肝肠寸断　常越山痛失娇妻

吴天贵一伙只留了几个看家的，其他四十余人全都下山直奔常家，半夜十二点多便已赶到雪堰桥地界。一伙人并未急着进村，而是在野外又候了一个多点，听万籁俱寂了，这才牵着马悄悄地溜近常家水围边。

常家水围边上的更夫早被丁阿三一闷棍放倒在地，吴天贵派来的探子和他接上头后便赶紧跑回去报信。吴天贵留下舵爷带四个小喽啰在水围边负责望风、接应，又将大部分马匹留在水围外，其余人马全部进庄。

“老三，”吴天贵道，“你带几个弟兄进院后直奔东北角的粮库和牲口棚，最好不要惊动任何人，留两人守在大门口，风紧了救急。”又郑重其事地对大王道，“老二，你带几个兄弟守在常老四院门口，只要他一露头，不说立马就能做了他，至少你得缠住他，不能让他过东边来坏事。当中两个院门口再各留两个弟兄对付小院里的护院，剩下的都跟我进常老大的院里抢羊票。记住，能不出声就千万别闹出动静。”

丁阿三带着一帮土匪悄悄摸到常家大门口。大门岗上的两个护院和两条狼狗已被土匪殷老六全都麻翻在地。

这殷老六在匪帮中号称二哥，趁着夏天麦收时节常家人手紧缺，来做了帮镰。常越森见他干活不惜力，还在行，人看着又老实，再听他说家人都已死光，便将他留下打算长久使用。秋收时他又介绍了他表弟丁阿三来侍弄水围里的鱼虾，声称丁阿三也是孤身一人，只要能吃饱穿暖就行。常越森见丁阿三生得清秀，又透着机灵，留下用了几天，活干得也漂亮，心下也就多了几分喜欢，于是便将表兄弟二人一并留下，哪里想到自己这是引狼入室呢？！

此时殷老六悄悄打开大门，放了自己同伙和马匹进来。土匪们按照事先的安排各奔目的地，丁阿三带着一伙人马奔后面的仓房处，殷老六带了吴天贵奔常越森的东院。

殷老六刚用刀轻轻挑下院门栓，院里的护院便听见了声响，“谁？”说着便出门察看。殷老六一行赶紧屏气敛息，想等那护院进了更房再行动；不料管家田阿贵人老尿多，半夜起来小解，竟迎面撞上丁阿三领的那伙土匪；田阿贵立刻叫道：“有贼。快来人哪！”说着顺手抄起屋檐下倚着的铁锨；屋里睡着的几个长工闻声也都冲了出来，各自随手拖了屋前的棍棒便与几个土匪打了起来。常越森院里的护院听见东边有响动，立刻操着根铁棒就往外冲；吴天贵等人见事情紧急，索性一脚踹开院门。殷老六等人将护院团团围住。吴天贵几步跨到西厢房门前，用小刀只一挑便卸了门栓，三步并作两步跃至南屋前。南屋门只虚掩着，并未关实。吴天贵大喜，推门一步便跨了进去，一眼看见听到屋外动静正要起身的常大娘子，见她里边睡着个男孩，料定必是常启东无疑，冲上前一把抱起常启东回身便要离去；那常大娘子伸手一把抱住吴天贵大腿，被吴天贵一下子从床上带到地上，又拖到屋外。常大娘子只是死死地抱住吴天贵的大腿，竟忘了呼救。

且说丁阿三一伙见四个长工冲了出来，打算快刀斩乱麻，直接做了几人，省得啰唆。不料这几个长工在常家干了十多年，闲时也跟几个护院的学几招，常越山在院子里操练时他们偶尔也瞥上几眼，那常越山高兴时还教他们个一招半招的，因此都会个三招两式的，所以这土匪虽然人多，一时间竟也奈何他们不得。牵来的几匹打算驮粮食的马有一匹突然就惊了，一声长鸣，其他几匹马也跟着都嘶鸣起来。不远处的牲口棚里的骡马闻声也都乱了起来，常家老少都惊醒了。

吴天贵被常大娘子缠住，使劲踹了两脚没能甩脱，气得压着嗓子恨声骂道：“你个死女人，我们求财不害命，你再不撒手我就放枪了。”说着摸出腰里别着的手枪吓唬常大娘子。常大娘子此刻心里、眼里全是儿子，哪里听得见吴天贵说什么？！这时常启东也已惊醒，开始挣扎；忽听院墙外一声马鸣，吴天贵知道坏事了，不免焦躁起来，随手朝天放了一枪，希望常大娘子受惊撒手。谁知常大娘子受了惊吓反而抱得更紧了。守在大门口的小喽啰听见枪声赶紧牵马进来救援。此刻常越森、常桂明也已闻声冲了出来，与院中的匪徒打成一片。当中两院的护院闻声刚一出门就被守在门口的土匪截住，几个人在大院里战成一团。

话说常越山手持钢刀一跃出屋，护院的也已操着家伙冲出更房，一见常越山忙道：“好像是大老爷那边。”

“走。”常越山说着已打开院门。外头守着的土匪大王照着常越山劈面一刀，常越山往后一仰，拿刀一架，挡住这迎面一刀，就势一侧身，还了一刀将土匪大王逼出院外。护院跟着也纵出院门。大院里的土匪顿时脱口叫了起来：“常四来了。”一时间，喊声一片，有土匪开始往大门口窜，常家人也跟着叫道：“四老爷来了！”当下常家人人奋勇、个个向前。星月之下，常越山如猛虎下山，只见他手中一把钢刀寒光闪闪，砍瓜切菜一般，手起刀落，已有几名土匪哼都没来得及哼便已倒下。那土匪大王在山上排第二把交椅，也使一把大刀，也是个有两把刷子的主儿，但他平时遇到的大多是些懦弱的良善村民之类，何尝见过常越山这样强横的角色，心下已先怯了，手上更觉得常越山刀势凌厉，难以招架，只好一边大叫“出水！出水！”，一边往大门口退。

吴天贵耳听外面大叫常四来了，又见常越森父子冲了出来，自己又被常大娘子缠定，门口的小喽啰拼命叫道：“天王，出水啦！出水啦！”拖在门口的马也不安地踏蹄甩尾打响鼻；吴天贵急得满头大汗，回首照着常大娘子就是一枪，又使劲一脚将常大娘子踢飞，夹着常启东飞身上马。眼见常越山势如破竹，飞奔而来，吴天贵将常启东往马背上一横，腾出手摸出怀里早就准备好的飞镖，照着常越山面门射去。常越山脚下一缓侧身让过，伸手接住飞镖，镖上带着一封信。常越山略一迟疑，随手将飞镖往旁边一扔；吴天贵得了这个空早已策马奔出大门。水围边负责接应的舵爷等人听见里边闹腾起来，便点了火把往里冲，正好遇到土匪大王带几个人往外冲，一群人嚷嚷着又一齐往水围外冲。吴天贵一边纵马一边大叫："常四爷，我们求财不害命，别逼急了，我有枪。"说着对天连放了两枪。

常越山拉了一匹土匪丢下的马，翻身上马，打算追出去。常越森大喊："老四，别去。黑灯瞎火的，他们有枪，千万别追。"常越山闻言勒住马道："便宜他们了。我们没什么大损失吧？"

"启东被他们抢去了。"

"什么？那还不追？"

"黑灯瞎火的，怎么追？我听动静，他们外头也有人。先看看桂明娘子怎么样吧。她好像是挨了一枪。启东的事，那个土匪头子只求财，估计一时不能拿他怎么样。"

“不行，我带几个人追去，他们跑不远。”

“哎呀！老四啊！你就听我的吧，你把他们逼急了，他们再撕票了怎么办？”

管家田阿贵带着几个长工点着火把都来了，人人多多少少都挂了彩。

常越山道：“刚那个土匪头子射我的镖上好像有封信，阿贵你带人赶紧找找去，看写的什么。”

常越森道：“阿贵你安排人快看看死伤情况。”又转脸对常越山道，“我们去看看桂明娘子。”

东院里的油灯、火把将整个小院照得白昼一般，吴天贵那一枪正对着常大娘子的脑门，那常大娘子早已经气绝身亡；常启霞伏在母亲身上放声大哭，常大太太坐在儿媳妇的尸体旁也是号啕大哭，丫头、老妈子跪在尸体边上跟着抹眼泪。常桂明跪在尸体旁，一手握着媳妇的手，一手搂住母亲的肩，泪如雨下。

常越森兄弟二人进院一看，什么话也不必问了；还没待常越山发作，管家田阿贵已持了被踩得脏兮兮的信匆匆跑进东院：“大老爷，四老爷，信，信找到了。”

信的内容很简单，就一句话：“三天后江阴界牌处三千现大洋，一手交钱一手交人。”

“放屁。”常越山顿时就炸了，“哪儿来三千现大洋，我现在就去剁了他们。”

“哎呀老四呀！你能不能冷静点。”常越森皱着眉头跺脚道，“先把家里死伤情况弄清。”又转脸对田阿贵道，“你快去，快去看看外头都伤了谁？”田阿贵还没来得及答应，有个长工跑了进来，气喘吁吁地嚷道：“大老爷，村里的邻居听见我们庄里的动静，都来了。”常越森只得同常越山一起迎至大门口，只见村里的男丁几乎都持着家伙赶来了，众人七嘴八舌，除了嘘寒问暖，也不免懊恼救援来晚一步。有人看见了土匪的去路，便分析这伙强人必是秦望山上的那伙土匪。众人得知土匪的目的后俱各惊异，纷纷出谋划策；常越森情知这些话全都没什么用，又不好拂了众人心意，只好不住地抱拳致谢。

众人正吵嚷间，常越山院里的护院飞奔而来：“四老爷，四老爷，不好了，您快去看看四太太吧。”

常越山犹豫了一下。常越森道：“老四，你先回屋去看看，这儿有我。”

常越山道：“那好。”说完赶紧往自己院里飞奔。

西院的灯也早已点亮，二太太、三太太都披头散发地聚在西院东屋里。外头打着的时候，两个寡妇都吓得躲在屋里没敢动弹，一直到西院的老妈子跑过来喊她们，让过去看看四太太，二人这才套了件棉袍带着丫头、老妈子一起赶到西院。只见西院的小丫头抱着常桂生跪在常张氏身边，一大一小两个哭成一团。

二太太定了定神，上前一步道："快把人抬床上去呀！别撂地上，地上凉呀！"几个女人七手八脚地将常张氏抬上床，盖条大被，也不知道该如何是好。

吴天贵吓唬常大娘子朝天放的那一枪，无巧不巧，正中开门给常越山递衣服的常张氏心口。本来这一枪倒也未必致命，但外头打乱了营了，常张氏躺在地上无人问津，时间一长失血过多，就只有出的气了。还是西院的护院见村民们拥在大门口乱哄哄七嘴八舌没完没了，想起回本院看看，这才发现常张氏中了流弹，已是不中用的光景了，吓得赶紧去喊常越山。

常家兄弟四人，其他三兄弟倒是都对习武不太上心，尤其是老大常越森更是一心想做个文化人，奈何父母去世早，自己身为长子自然只能以持家为要了；老二常越林好的是酿酒，一心只想做个酒中仙；老三常越木只爱侍弄田地与牲畜；唯有这常越山自幼便好个舞枪弄棒，常家老父亲便将祖传的刀法尽数授予了他。这常越山生得是一表人才，加上自幼习武，更显得英姿勃发，不满十八岁媒婆便开始登门。偏偏这常越山一心只爱熬打筋骨，对儿女私情竟无半点兴趣。随着年岁日增，那上门说媒的日渐稀少，父母在时替他着急。父母走后，常越森替他操心，但都无济于事。到了三十岁上，再无半个媒人登门，村里反而传言纷纷；兄长们替他着急，侄儿常桂明实在熬不过他，不得已先结了婚；他自己却并不放在心上，照样每天只和护院们操练，把个常氏大刀要得比祖上还要强出几倍。渐渐地，江浙一带连不习武的妇孺都知晓了“大刀常四”的名头，便时常有同道中人相约聚会切磋较量。

一日，苏州有个相知的名叫张玉树，约了常越山及苏州本地几名尚武的子弟往虎丘一聚。几个人切磋一番无不相见恨晚，张玉树更是不肯放常越山当天回家，非要邀至家中留宿一晚。众人也都诚心挽留。常越山本来无事，当下便应允了。

张玉树家位于苏州城里，父母早逝，留下一份不小的家私，虽已娶妻，但根本拘不住他，只有个妹妹待字闺中，所以家里全凭他一人恣意挥霍。

当下吃喝完毕，其他几个人陆续散去，常越山便在张家客房住了一宿。第二天一早张玉树便陪着常越山在家中四处逛逛。苏州人家喜爱园林，张家也有个小花园。张玉树与常越山信步来至小花园，迎面一棵硕大的玉兰树，花满枝头，花香扑鼻，树下有个姑娘身穿一件蓝底小白碎花的掐腰短上衣，下着一条月白色百褶曳地罗裙，一条乌油油的大辫子垂在胸前；正坐在树下绣花。常越山只觉得一阵眩晕，只听张玉树道："小婉，你过来。"那姑娘便起身款款迎了过来，两只珍珠耳坠在腮边微微晃动了一下。"叫四哥。这就是大刀常四哥。四哥，这是我妹妹，张小婉。"说话间张小婉已到了跟前，忽闪着大眼睛抬眼瞄了常越山一眼，那一双眼睛恰似两潭春水，碧波盈盈，清澈见底；常越山顿时觉得自己一下子就栽了进去。

张小婉福了半福，笑盈盈地叫了一声："四哥。"

常越山生平头一回知道什么叫作整个人都酥了，竟忘了答礼……

从苏州回到家后，常越山便整日里失魂落魄，万事心不在焉。过了半个来月，一天晚饭后，常越森来到常越山的小院里，见他独自一人坐在小厅里发呆，常越森笑道：“老四啊，好久不见你出去跟他们操练了。”

常越山闻声迎了出来，笑道：“大哥，你有事啊？”

“我没事。我看是你有事啊。”常越森说着进屋坐下，“你若有事就跟大哥说说吧，我看你从苏州回来就不对劲啊。”常越山成家前一直和常越森一家吃在一处，“我看你是茶无滋、饭无味啊。”

“我没事，大哥。”

常越森看着常越山的脸，常越山扭头往外看，不与常越森对视。常越森笑道：“你果然没事我就走了。”说着作势起身要走。常越山急了：“嗨！伸头一刀，缩头也一刀，脑袋掉了碗大个疤。”说着一把按住常越森，“我实话对你说了吧。大哥，我看中了个人。”

常越森看着紫涨了脸的常越山忍不住“扑哧”笑道：“我是真不能跟你急了，这是个大好事啊！你这左一刀右一刀的，都什么搞七捻三的。苏州人？”

常越山点点头。

“好啊！老四，你可终于开了窍了。和大哥好好说说。”

常越山将巧遇张小婉之事一五一十地告知了大哥，末了加了一句：“反正就是她了。要不我这辈子就这样了。”

常越森摆了摆手道：“老四，这事你可千万别急，我们先托个媒人去打听一下，看人家小婉姑娘有没有人家了。若没有，这事好说，若已定了人家，我们也不能硬抢啊。”

常家托了媒婆到张家一说，谁知那张玉树最是个知情识趣之人，那一日便看出常越山对自己妹子有意，但常越山不说他也不好提及，等了半个多月看常家没什么动静也就算了。如今媒婆上门一提，张玉树本来钦慕常越山，岂有不允之理？！又问了妹妹，自古美女爱英雄，张小婉从前便常听哥哥念叨“大刀常四”，又在花园见了一面，心上正割舍不下，羞于启齿之际，喜从天降，自然是点头应允。媒婆回来一说，常家大小人人欢喜。

“我做了半辈子媒，从没见过这样十全的好姻缘。小婉姑娘今年十八，刚好小四老爷一轮，也是属鼠的。”媒婆道，“只一样，小婉姑娘的床上物事都已准备好了，只是嫁衣还没完工。估计快了也要到明年端午。”苏州姑娘凡家中有条件的都是从小便准备嫁妆中的绣品，有请绣娘做的，有姑娘女红好的，自然是自己动手，也好在结婚当日显个身手，博声喝彩，为娘家、为自己争个光。

常越山哪里等得及，媒婆走后他是急得抓耳挠腮却又无可奈何。常桂明替他想了个点子：“四叔，你不如到上海去买套洋装回来，就跟张家说不用准备嫁衣了，如今城里都时兴这个。”见众人都拍手称妙，常桂明又笑道，“干脆，四叔你也买一身，洋气洋气。”

常越山闻言作势要打常桂明，常越森笑道：“我看桂明的办法行。不然这姑娘的嫁衣那肯定是要精工细作的，谁知道明年端午成与不成呢？”

常桂明接口笑道：“我们反正都不着急，只要四叔你等得及。”

张家也急于成就这桩美事，所以常家的建议一提，张玉树立刻拍手称好。小婉姑娘虽说小有遗憾，但小姑娘听说穿洋服结婚自然也是开心的。下聘之日，常越森亲自陪了常越山前往苏州。张家听说常越森也来了，因为自家父母皆亡，为表重视，特请了表舅前来与常家会亲。

张家表舅韩伟业原系江南提督张勋旧部。张勋进京时，他留守徐州，张勋兵败后，留守徐州的四十营兵马被安徽督军倪嗣冲一举吞并。韩伟业看破时事，恰逢父丧，便提出回乡丁忧同时解甲归田。倪嗣冲本来对张勋旧部就心存嫌忌，见韩伟业主动提出解甲归田，索性做个顺水人情，送了些盘缠由他去了。本来张玉树找他帮忙他是不愿意掺和这事的，但一来老母亲劝他既然回老家了，还是要和亲戚们有所走动的，二来他也风闻了些常家兄弟的为人，所以答应作为张家的家长与常家会个亲。不想竟与常氏兄弟一见如故，因与常越山年纪相仿，他便不愿意常氏兄弟以表舅相称，只愿兄弟相称，各论各的。常氏兄弟哪能同意，又拗不过他，只好称其韩先生。自此韩伟业与常氏兄弟常相往来，交情日深，还答应将来做常家子弟的开蒙先生，这些皆是后话了。

常越山如愿以偿秋收后便将张小婉娶回家中，爱若珍宝。此刻一见爱妻躺在床上气息全无，便如同被人剜去了心肝一般，一把掀开被子，将张小婉搂入怀中。那张小婉的身子已渐渐发凉，常越山下死劲拼命将她抱紧，恨不能将她嵌入自己的骨头里，这样她就凉不了了。

常桂生早已哭累了，眼泪干在脸上，绷得有点难受，于是她使劲地眨了两下眼睛，皱了皱鼻子，扭头看了看四周，几个女人都在无声地哽咽，护院的低头垂手立在门边。她虽然不知道到底发生了什么，但她明白这会子可不是她哭闹的时候。她看着父亲搂着母亲深埋着头，肩膀不停地耸动，喉间发出低沉而混浊的嘶鸣。她突然有点害怕，下意识地想要挣脱三娘的怀抱，伸出两只小手使劲地向母亲的方向够去，嘴里喃喃道：“姆妈，姆妈。”

第四回

被绑羊票　常启东如鱼得水
为安人心　常越森平分家财

吴天贵一伙拼了命地逃窜，也不知跑了多远，听身后常家并未追来，这才放缓了缰绳，让马慢了下来，突然想起面前的常启东，一动不动地趴在马背上；吴天贵大惊，赶紧勒住缰绳，翻身下马查看，生怕颠死了常启东，那可真就是竹篮打水一场空了。还好，常启东虽然被冻得奄奄一息，但吴天贵按照以往的经验判断他应无性命之忧。吴天贵连忙脱下身上的皮袄将常启东裹了起来，让人用绷带牢牢地绑在自己胸前。一行人如丧家之犬，急匆匆赶回山上，议事厅内坐下一盘点，常家这一趟正所谓赔了夫人又折兵，一分钱好处没捞着不说，还搭上五个兄弟，生死未卜，估计常四刀下也是死多活少。

吴天贵道："走！看看羊票去。怎么也得在他身上把本儿给捞回来点儿。”

平时绑了羊票上山都是扔在柴房，给口吃喝，死不掉拉倒；这回花了血本弄来的肥羊，舵爷生怕有个闪失，特意将他安置到自己屋里，用大被子捂着。不一会儿常启东便慢慢醒了过来，四处一望，都是陌生面孔，既未叫喊也未哭闹，只是瞪大了眼睛看看这个、望望那个，几个匪首不免都有些稀奇，以往绑来的羊票不是哭就是喊。舵爷凑上前问道：“咳！你叫什么名字？”

“常启东。你呢？”

“我？”舵爷不禁一愣，“叫我舵爷好了。”

“噢。舵爷好。”

本来正闭着眼睛斜靠在椅子上想心事的大王闻言也觉得很是意外，不禁睁开眼斜睨着常启东，大声喝道：“小兔崽子，你知道这是哪儿吗？”

常启东摇摇头道：“不知道。”那样子倒是也并未见得有什么畏惧。

吴天贵冷眼旁观，心内也是暗暗称奇。

大王又呵斥道：“三天后你们家要是不拿三千现大洋来赎你，你他奶奶的就是个死。”

常启东依然没什么太大的表情变化，只是没心没肺地“噢”了一声，然后看着舵爷道：“我饿了。”

大王怒道：“饿？我他妈还饿呢？”

“好了。跟他一个小崽子啰唆什么呢！”吴天贵道，“舵爷，你领他去伙房，想吃什么给他弄。”

“是，天王。”舵爷看着常启东，“小子，能下地吗？”常启东出溜一下滑下床。舵爷拿了件棉袄撂给常启东，“穿上吧，你他妈的可不能有个三长两短的，三千现大洋呢。”棉袄一直拖到常启东的脚背上。舵爷又随手找了根绳子往他腰里一系，拍了一下常启东的脑袋，“走吧。小子。”出了房门又拍了常启东脑袋一下，“你个小王八蛋，想吃什么？”

“鸡腿。”

“什么？”舵爷忍不住笑道，“你他妈的以为这是酒楼、客栈哪？”

“舵爷。”老摇站在门口叫道。

“还有什么事？”舵爷转身对老摇笑道，“听见没？这小王八蛋想吃鸡腿。”

“鸡腿？”老摇闻言转脸对屋内的人笑道，“这小崽子要吃鸡腿。”

不料吴天贵却道：“看看山上存货够不够，够的话多杀几只，兄弟们都饿了。”

老摇诧异道：“真弄呀？”

“废话。”吴天贵道，“可不真弄？！妖精逮着唐僧还知道养养肥呢。”

开饭时吴天贵让常启东坐到自己身旁，见他端端正正坐着不动，就伸手撕了条鸡腿递到他面前。常启东犹豫了一下，看面前并无碗筷，只得伸手接过鸡腿，扭头往四周看了看。土匪们站着的、坐着的、蹲着的，找不到空隙大声吆喝骂娘的，闹哄哄地吃喝着。常启东眨了眨眼睛，将鸡腿送到嘴边，“呼哧”咬了一大口。

吴天贵瞥了一眼常启东，见他吃得满嘴满手的油，一边啃着鸡腿，一边笑眯眯地看着一屋子的土匪。舵爷瞄了一眼吴天贵，又瞄了眼常启东，笑道：“这小崽子，他妈的哪像常家的小少爷，活脱脱就是个小土匪。”匪徒们看了看常启东，都笑道：“是啊！他妈的，真是。”

老摇笑道：“别说，天王，这小子和你长得还真有点像。该不会是你的种吧？啊？哈哈哈哈。”

匪徒们立刻跟着起哄道：“是啊！是我们天王的种吧？”

“天王，你什么时候挂上的常家小娘子？兄弟们怎么都没听着一丝风声啊？”

“天王，你吃独食啊？”

“……”

常启东咧着嘴笑着……

且说常家一清理，除了常四太太和常大娘子中枪而亡，水围边的更夫本来只是被打晕了，但是醒得早了，因此被舵爷的人一刀给结果了。大门岗上的两个护院并两条狗只是被药放倒，此刻醒来，看见家中如此狼狈，心下惭愧，懊恼自己一时糊涂，贪了殷老六的酒菜，连人带狗都被放倒，实在是没脸再在常家待下去，给常越森、常越山磕了个头含羞离去。

那常越山从打腊月二十五早上将张小婉搂在怀中就不曾撒手，谁劝也没有用，只是不吃不喝、不闻不问、不言不语、不看不想，仿佛泥塑木雕一般。

常越森见常越山一时缓不过来，家中诸事也就不与他商量了，只和儿子常桂明、管家田阿贵商议。首先安排人前往苏州张家以及邻村常大娘子娘家报丧，再就是安置死了的更夫，以及受伤众人的抚恤事宜。此时，被常越山砍倒的几个匪徒早已呜呼哀哉。族中人一商量，最后决定由常家的两个护院、几个长工和村里帮忙的人七手八脚拖到村外乱坟岗，挖个大坑一堆埋了了事。另外加价延请和尚、道士等人为常四太太和常大娘子做水陆道场。本来为过年准备的新衣就都做了装裹入殓的老衣了。最为头疼的还是那三千现大洋，一时之间难以筹集，欲待卖房卖地，时逢年根，急切之间哪里有现成的买主！

二十五傍晚时分，常大娘子父兄皆至，免不了大放悲声，痛哭一场，但天灾人祸，也是无可奈何，当晚便在常家歇下，常越森父子忍悲设席款待。

没想到二十六一早常三太太的娘家父兄竟然不请自到，原来是听着传言不放心，所以上门来一探究竟；果然言不虚传，常家是遭了匪了。三太太父兄虽然拿东比西、转弯抹角地说了一大堆废话，归根结底一句话：要接三太太回娘家。三太太经了前天夜里一场劫，心下没底，如今父兄让回娘家，反正常家也没什么可牵挂的，心下也就活了。常越森是个聪明人，一看三太太是想走的意思，立刻对她娘家父兄道："我三弟走得匆忙，也没留下个血脉，难得弟妹看得起我常家，在这儿守了几年。如今匪患日重，常越森惭愧，不能保得一家老小平安，弟妹回娘家也好。亲家放心，我和四弟商议一下，必定将三弟的财产妥善安排，自然叫弟妹这辈子衣食无忧。”

“大哥说哪里话，我们接她回去实在不过是不放心罢了，并没有别的意思。”

“亲家不必客气。三弟妹此去万事自便，不必有所顾虑，这也是理所当然的事。只是三弟的财产事宜请容我与四弟计议后再做答复。四弟妹也不幸遭劫，所以这两天我四弟悲伤太过，也不太好与他商议此事。还望亲家海涵。”

“不急不急。”三太太父兄客气一番在常家吃完午饭便帮着三太太收拾好细软走了。

刚送走三太太一行，只见大路上尘土飞扬，一队人马滚滚而来；原来是四太太张小婉的哥哥张玉树带了一伙人策马飞奔而来。那张玉树闻听妹妹死了，心疼之余怒火中烧，一时不明就里，约了一伙人打算到常家找常越山讨个说法；不料尚未进村就有一伙村民七嘴八舌地说了常家遭匪一事，待进了门看见常越山形容憔悴，神情呆滞，再一问，得知常越山如此模样已是两天一夜；不但不好发作，反而只得委身上前劝慰。常越山一见张玉树，泪如雨下，嘶哑着嗓音哽咽起来，一句话也说不出。张玉树见状也忍不住陪着落泪：“四哥，你也不要太伤心了，我妹子没福。”说着上前拉扯常越山，“你还是给她找身好衣裳吧，总不能就让她穿这个呀！”常越山这才松了手，张玉树伸手将常越山扶出房间。丫头、老妈子们赶紧上前替张小婉穿戴。

再说那常启东，只两天工夫已和山上土匪混得烂熟，连吴天贵几个头儿闲着没事也会逗他说说话。

舵爷看常启东坐在桌上，晃荡着腿跟着大王学骂人，笑道：“这小王八蛋简直就是块天生的土匪料，生在常家都可惜了。咳！奶奶的，小王八蛋，我问你，是山上好呀？还是你们常家大院好？”

“山上好。”

“放你妈的春秋屁。”舵爷笑道，“小兔崽子糊弄鬼呢？山上比你家还好？你家怎么个不好？”

“我家不好玩，山上好玩。我家不许骂人，站着、坐着都不许晃，不洗手不许吃饭，够不着菜不许站起来，还不许放屁。”

土匪们哄堂大笑：“妈的，管天管地，还管拉屎放屁？”

“哈哈哈哈，你们家人都没屁眼吧？”

常启东急道：“真的真的，有人的时候真不许放屁。”

“那老子他妈的要是憋不住呢？”

“那就找个没人的地方再放呗。”常启东认真地回答。

土匪们笑得前仰后合，连吴天贵都被逗得哈哈大笑。舵爷故意逗常启东：“咳，小王八蛋，你这么喜欢山上，不如给我们天王当儿子吧，我们也不用送你下山了，你们家也省三千大洋了。怎么样？”

“行啊。”常启东点点头。

舵爷索性逗他：“那你给我们天王磕三个头，叫声爹。”

常启东二话不说，跳下桌，往吴天贵面前一跪，“咚咚咚”磕了三个响头，大声叫道：“爹！”

第五回

为救独苗　常越森倾家荡产
忘恩负义　常启东认贼作父

议事厅里突然一片寂静，常启东这三个头一声“爹”实在是太出人意料了。

舵爷干咳了一声打破寂静：“咳！天王，这是个喜事啊！”

“屁个喜事啊！”吴天贵道，“你没脑子啊?！”吴天贵看了看常启东对舵爷道，“不管是为兄弟们还是为他我都不能认这个什么儿子呀！且不说入土的几个弟兄，活着的也都等着这三千大洋过年呢。”吴天贵指了指常启东，“但凡有一线生机，谁他妈上山干这个呀！”

众匪徒闻言皆默然。

老摇道：“认不认儿子的先撂一边吧，今天腊月二十七了，我们给常家的限可就是今天呀，怎么说呀?”

舵爷一边盘着手里的两个石蛋一边缓缓道："我们给的时间是不是太急了点？万一常家凑不齐那么多钱怎么办？"

大王闻言吼道："你他妈咸吃萝卜淡操心。他们不会卖房卖地凑啊？！"

舵爷强压着火道："我他妈的咸吃萝卜淡操心？大年根的，你他妈的找个买家我看看呢？"

"行了行了，先别窝里反了。"吴天贵挥挥手道，"要不我们再给常家送封信，给他们宽限几天？"

老摇道："我看也只有这个法子了，常家万一真就凑不齐，难道我们真撕票？"

吴天贵看着还跪在地上的常启东，叹了口气道："你小子先起来。"又对门口的小喽啰道，"你带他出去玩玩去。"望着常启东的背影，吴天贵又叹了一口气，"说真的，真他妈邪门了！撕票我还真他妈的有点下不了手了。"

舵爷道："这就是我们哥儿几个的宿命克星啊！昨天夜里山下探风的兄弟回来说，常家也被我们砸了三个，常老四的媳妇，那小崽子的娘，外加外边被我们的弟兄砸了的更夫，我看三天够呛啊！"

“那你们说改几天？”吴天贵道。

舵爷想了想道：“依我之见，干脆出了正月，他们也好凑钱哪。”大王闻言怒道：“你他妈的胳膊肘子往外拐啊？拿嘴喷粪哪？出了正月，说得轻巧，你想让弟兄们都饿得嘴里淌屎水啊？”吴天贵和老摇劝住想要发作的舵爷，最后商妥将交割日期延缓至正月十六。商议妥当了，舵爷执笔重新写了一封信，交小喽啰飞马送去常家。

那小喽啰将马系在村外小树林里，悄悄溜近常家水围，把信插在镖上，将镖打在水围边的更房门上就赶紧掉头一溜烟地跑了。新更夫拿了信赶紧报告常越森。

常越森得了信便请张玉树和常大娘子的父兄一起商议。张玉树年轻气盛，看了信便道：“大哥，干脆我和四哥，我们一起上山将大侄孙抢回来。”

常越山有了些水米下肚，精神略振，闻言发狠道：“我若不把这伙混蛋零碎了，我就不姓常。”

常大娘子的父兄闻言皆连连摆手道：“哎呀！不可不可啊！启东在他们手上，狗急跳墙，兔子急了还咬人，千万别把他们惹急了。”毕竟常大娘子父兄乃是常启东的亲外祖父与亲舅，张玉树也不好多言，常越山多少还有点魂不守舍，于是也就不再坚持，只待常越森的主张。常越森沉吟半晌，抬头对常大娘子的父亲道：“亲家言之有理，我们还是先想法把钱凑齐，先把人弄回来再说别的不迟。”

张玉树道：“既是定了拿钱赎人，那就想办法凑钱呗。君子报仇十年不晚。”

常越森略显尴尬：“恰逢年根，三千现大洋的确有些为难哪。”

“这有何难，大哥你们也不必一家硬扛，都是自家骨肉，我们三家凑凑，还凑不出三千大洋来?！”张玉树朗声道，“初一是小婉头七，初二怎么也得入土，今年暖冬，不宜拖太久，我初二三得回家一趟，最迟初八送一千大洋来。”

常大娘子的娘家不过是寻常庄户人家，一听张玉树说这话，父子二人立刻窘得满脸通红，吞吞吐吐不知该如何接茬。张玉树见状，深悔自己话说得急了，但说出去的话如同泼出去的水，又如何收得回来呢?！一时也只好语塞。常越森十分了解儿媳妇娘家的情况，心知张玉树之言并无他意，不过是年轻心热；因此连连摆手道：“两位亲家一片美意，我常家心领了，感激不尽，此事容我与四弟和桂明再好好商议一下。若有需要两位亲家出手相助时，绝不客气。感谢感谢！”常越森连连拱手作揖，先圆了眼前僵局，到了晚饭后，来到常越山的西院，见常越山与张玉树带来的几个人正在小厅里坐着闲话；众人打了个招呼，估计常越森有事要说，便都起身告辞回原常三太太的院落内歇息。常越森这才连声先告了罪，然后方才开口将需要张家帮忙之事说与张玉树，并郑重承诺一出正月必定本息一起还清。张玉树自然满口答应，只是嗔道：“大哥这是不拿我当自家人哪！什么利息，您这不是存心打我脸嘛！”又对自己白天的莽撞连连道歉。

且不说常家现钱不够四处托人卖地，有那些个趁火打劫强压良田价格的不良之辈，也不说张小婉、常大娘子下葬之日个个伤心、人人落泪，更不说常越山如何的悲恸欲绝，只说正月十六转眼即至。张玉树十五晚上便带了几个人赶到常家，好第二天给常家助阵。

两伙人按时来到约定地点：江阴界牌处。

常家一伙人简直不敢相信自己的眼睛：远远看见常启东骑在马上，坐在土匪头子怀里，笑嘻嘻地左顾右盼与众土匪一路说笑，缓缓往前来。

两伙人离了百十来步距离，都勒住缰绳，止了步。

舵爷策马往前几步，大声叫道：“常家人都看见了吧？你们家小少爷毫发无损。钱呢？带来了吗？”

常越山正要打马上前，被常越森制止：“老四，别冲动。看样子人是没遭罪。先把人弄到手再说。”常越山压低嗓音道：“得着启东你们就赶紧走，我和玉树他们断后，看我不零碎了他们。”

“老四，你可千万千万别乱来。”常越森边打马向前边叮嘱。

常越森与舵爷各自一人一骑，缓缓打马至当中位置，舵爷下马查验常越森马上驮着的三千现大洋：舵爷从马背上的褡裢里分几处各摸了块大洋出来，两个指尖捏住大洋，对着嘴边猛吹一口气，迅速举到耳边，听每块大洋都发出悦耳的“仓啷啷啷啷”的回音，舵爷这才回头招招手；老摇把常启东从吴天贵的马上抱了下来，笑道：“小子，快去吧。你亲爹来了。”

常启东磨磨蹭蹭地往前走，常桂明的心早飞向儿子，早已下了马候着，生怕土匪有什么变故；心里只恨儿子人太小、步子迈不大，百十来步的路迟迟走不到中间常越森的站立处。

常越森和舵爷两个各执缰绳，站在中间等着常启东慢慢走过来，只待他到了跟前就互换缰绳，算是一手交人、一手交钱；双方的人马也都注视着常启东和对方的人马，大家此刻都唯恐对方有什么变故，人人的心都提到了嗓子眼。万万没料到，常启东在离常越森只有几步之遥的地方站住了，大声道："爷爷，我不想回家。"小小的童音在众人的耳朵里如同炸雷一般，不但常越森，连舵爷也不敢相信自己的耳朵；常越森惊道："什么？启东你说什么？"

"我说我不想回家，我想回山上，我想当土匪。"常启东一字一句大声答道，说完掉头撒腿就跑，两边的人一时间全呆住了。

舵爷首先清醒过来，咧嘴对常越森一笑道："常大老爷，您这是养了头狼崽子呀！只能跟狼在一起，和人在一起他伤人。"说着一把扯过常越森马的缰绳，翻身上马，两腿一夹马肚子，那马撒腿便跑，舵爷边往回跑边大声叫道，"常大老爷，这事您可不能怨我们，您可不能反悔抢赎金。"

那常启东一溜烟跑到吴天贵马前，攀着他的马镫子就要往马背上爬。吴天贵低头望着他大声问道："小子，你当真要当土匪？”常启东连连点头。吴天贵指着常家人道：“那是你亲生爷和爹，你给他们磕仨头去。”常启东往旁边走了两步，依言往地上一跪，朝着常家一伙人“咚咚咚”磕了三个头，忙不迭起身跑向吴天贵，吴天贵一猫腰伸手将他撩上了马。舵爷也早已回到匪帮，快速将大洋分了部分给大王和老摇，以免马太过负重跑不快。吴天贵在马上向常越森拱手道：“常大老爷，青山常在，绿水长流，从今往后，我吴天贵抢天抢地抢官抢民，绝不踏入雪堰桥半步。告辞了！”说罢，一伙人策马扬鞭绝尘而去。

这边常家一伙人只看得目瞪口呆，一时竟不知如何是好。

常桂明气得嘴唇直颤，只觉得自己仿佛跌入了无底深渊。

常越森面色惨白，张了张嘴，腿一软，一头栽到地上。

“大哥。”

“爹。”

“大老爷。”

“……”

第六回

重整旗鼓　韩伟业开设私塾
图谋发展　叔侄俩奔赴上海

常越森这一躺一眨眼便是半个多月，二月二转眼即逝。酒坊的工人纷纷前来打听开工日期，常桂明哪里还有心思酿酒?！只让田阿贵叫大家回去等通知。

忽一日韩伟业来访。常越森这才强撑着起床接待。韩伟业见状大惊，一问方知自己整日闭门在家，竟不知常家遭此变故，唏嘘之余，也唯有劝慰而已。韩伟业本来为母丁忧毕，来雪堰桥是与常家商讨开馆事宜的，如今自然不能再提此事了。

偏常越森一来不愿就此沉沦，二来深慕韩伟业才学与为人，希望将其留住做个伴；因此主动提出开馆事宜，只说要为常桂生与常启霞延师；担心韩伟业觉得学生都是女孩子，而且常桂生才六岁，心中不肯，于是便让管家田阿贵的几个孩子一起进馆。那田阿贵哪里能同意？！连连摆手道：“常家容我全家老小在此，已经是几世的恩德了，这都不知道怎么报答呢！”见常越森一再坚持，又明说是为了韩先生，只好说：“这样吧，大老爷，就让卫青跟着听听吧，还能给韩先生端个茶、倒个水的。”常越森想了想，也就同意了。

跟韩伟业一说，韩伟业开始不愿意，经不住常越森再三央求，又一再强调主要是自己想和他多多接触；常越山与常桂明也在旁说了常越森是听说韩先生来了才起床的；韩伟业本来赋闲在家，如今更是孤家寡人一个，加之原与常家兄弟说得来，如今见常家兄弟、父子诚心挽留，自己若再推辞未免有做作之嫌；因此便答应留下了。

常越森见韩伟业同意留下，大喜，病都好了许多。一番收拾，私塾便开张了。

又过了个把月，眼见春暖花开，万物复苏，常越森便催常越山抽空去上海看看，最好把年前说的开门市的事给定了，正好酒坊也不曾开工，便让常桂明也一起去。常越山、常桂明有些放心不下，常越森道：“你们不用担心我，家里有韩先生与我做伴，凡事我同韩先生商量还强过你们。”韩伟业一边客气“哪里哪里”，一边让常越山叔侄放心，自己必然尽心尽力。常越山、常桂明想想也是，于是也就同意了。只是原本准备去上海开门市的钱如今都做了赎金，打了水漂，不得不将家中田地又卖了些。细算下来，除去要分给三太太的、理应归在二太太名下的，以及留给常桂生和常启霞将来做嫁妆的四十亩地，属于常越森、常越山、常桂明的田地已所剩无几；但常越森认为只要酒坊开起来，地，就在那里，又跑不掉，只要有钱随时都能再买回来。常越山、常桂明以及韩伟业皆深以为然。

话说张玉树访友顺路到常家看看，一听说常越山叔侄要去上海，颇为高兴；“我也正想去上海转转呢，正愁没个伴，真是太好了，我这就回家收拾准备，与你们同行。”常桂明虽是子侄辈的，但比张玉树还大了几岁，听说张玉树也要同行，自然是高兴的；只是常越森听说张玉树要同行，反而叫他们几个不要着急，好好准备准备再去不迟。常越山、常桂明二人心中纳闷，但当着张玉树的面又不好多问，等他走了方才弄明白常越森的用意：原来，欠张玉树的一千大洋因为七事八事的至今分文未还，张玉树虽然从不提及，但常越森想他去上海自然是要用钱的，所以叫他们迟些走好想办法。

但又能有什么办法呢？不过还是打那几亩地的主意罢了。常家兄弟、父子们一商量，索性咬咬牙、狠狠心，把自己名下的田地全都卖了，急切之间自然也是卖不出好价钱来的；又将家中的骡马等大牲口都卖得差不多了，还是差着许多。

常氏父子、兄弟一筹莫展之际，二太太主动来找他们几个，愿意将自己名下的田地全都拿出来救急，常越森连连推让，声称那是给她养老准备的；而且又提起了三太太划走的田地；三太太父兄因见常家兄弟的分家方案过于仁义，自家女儿在常家又并无所出，心下反倒有几分惭愧，因此主动提出放弃房产和牲畜，只要了田地；二太太见提到三太太便道：“大哥，你们是要逼我走吗？”见常家父子、兄弟连声否定，便又说道，“什么养老不养老的，有你们在，还不是我将来的倚靠吗？”常家父子、兄弟们感动不已，常越森道：“桂明，跪下。给你二娘好好磕个头，今后无论发生什么事，务必以亲娘的礼数侍奉。”

常桂明请二太太上坐，跪到地上端端正正地给二太太磕了个头。常越山看着心头一热，上前一步道：“二嫂，长嫂如母，我也给你磕个头吧。”二太太赶紧一把扯住，笑道："使不得，使不得，四叔你这是要折我寿呢！"常越山只好作罢。二太太又道："我还有几件事要和你们说呢，不知你们是什么意思。"常越森等人忙叫二太太一一说来。

"这头一件呢，就是桂生。如今小婉没了，桂生还小，光靠丫头、老妈子照应未必周全，我娘家人早就都没了，老寡妇一个，我想让桂生跟我住一块儿，你们看可好？"

"啊呀！七事八事的，我竟忘了这事了！老四更是个没魂的粗人，还是二妹想得周全。"常越森闻言一拍脑袋，忙道。本来常越森一直称呼二太太"二弟妹"，这会突然改口直呼"二妹"，其中情义二太太立刻就领会了，忙对常越森笑了笑，以示谢意；转脸看着常越山道："四叔，你觉得呢？"

常越山笑道："那就有劳二嫂了。"

"这第二件事呢，本不该我说，只是我想大嫂自从去年腊月躺下，到现在也没好利索，自然一时半会的也想不到这儿；我想家里不比从前，也没必要用这么多丫头、老妈子的。"

常家父子、兄弟们点头称是，于是几个人索性将韩先生也请了来，把田阿贵也喊了来，将家中人口重新商讨安排了一番，最终议定：常桂生住到二太太院里，西院里只住常越山和韩先生；平时的洒扫就由田卫青做。本来田阿贵的大女儿田卫兰从张小婉去世后，平时也帮忙照看常桂生，这下便安排她专门负责照顾常桂生，跟着一起住到二太太院里，顺便也就负责院里的洗洗涮涮。三太太院里无人时便空着，留着待客用。这三个院里原先的丫头、老妈子就都辞了。东院里，常大太太久病在床，常启霞尚小，因此院里原用的丫头、老妈子就都留了下来，只是干的活比从前多了。那丫头除了原先的活，如今要连常越山与韩先生的衣物浆洗都负责了；本来常家兄弟们平时各开锅灶，如今合在了一处，都在东院常越森处一起吃饭，田阿贵的老婆原先主要负责喂养牲口等活计，只有年节聚餐时才到后厨帮忙，这一来就得顿顿都到厨下干活。田阿贵的老二、老三如今牲口也少了，便除了放羊之类的事，还得去田里干活。外头大院以及原来三太太院内的洒扫就由田阿贵兼了。田都几乎卖光了，四个长工自然用不着了，便留了一个老成的，也好带带田阿贵的两个儿子。那几个护院工钱太贵，也都辞了，把原先在酒坊打更的老头调到大院门口负责打更巡逻。水围边打更的少不了，还是留下了，正好养些水产还能贴补家用。

常家既卖了二太太的地，自然不可能再留下那所谓将来留给常桂生、常启霞姑侄二人做嫁妆的四十亩地，但总算凑齐了张玉树的钱，又预备了几百大洋给常越山叔侄，好叫他们一旦碰到合适的地方便直接拿下。只是田地全无，到底心里没底，不得已，只得计划将原先水围内到大院的院墙之间的门前一片草坪地翻熟了好做粮田，原先牲口棚占地太大，如今用不了那许多，便拆了一部分，空出的地方，种些蔬菜，西边因为想着酒坊开工，往外运酒方便，所以仍决定空着。

计议妥当，全家老小不免又对未来充满了希望之心，便各自行动起来，常越山叔侄带了一千大洋去到张家；张玉树是个好客的，少不了留在苏州玩了两天，三人才一起往上海去了。

第七回

吞云吐雾　英雄汉销魂蚀骨
追莺逐燕　张玉树客死他乡

常越森等人在家里照计划有条不紊地进行着，翻地、种粮、种菜、放养鱼虾，常大太太也渐渐地好了起来，便开始忙着托人为儿子常桂明张罗续弦之事，常家一向在四乡八镇口碑颇佳，很快便有了合适的人选，只等常桂明回来相看。

眼见端午已过，常越山叔侄杳无音信，众人不免心焦起来；想要往上海打探，却又不知去哪里找。韩伟业便自告奋勇回趟苏州，看看张玉树有没有给家里递什么信；果然，端午前张玉树曾回过一趟家，还把家里的房产忙忙地给典了出去，带了一大笔钱匆匆又赶回上海去了。还让带话给常家，不必担心，诸事皆好。常越森等人闻讯心中稍安，只是责怪常越山叔侄不该不给家中捎信。

倏忽之间中秋又至，常越森开始坐卧难安，便又请韩伟业往苏州打听，谁料想张家已是乱成一团，张玉树所典房屋期限已到，张家娘子带着两个小儿正哭哭啼啼无所适从，韩伟业的到来，无异于救命的稻草。张家娘子连哭带号只求表舅做主，韩伟业哪里见过这个？！一时也没了章程，只得想了两条路子由张家娘子自选：一是带着孩子先回娘家，二是跟自己一起先到常家；等张玉树等人有了确切消息再说。张家娘子原籍扬州，父母双亡，跟着堂叔过活，是张玉树去扬州玩耍时偶遇，只因她生得貌美，便也顾不得她家境贫寒，娶回苏州。这会子韩伟业的两条路对她而言，其实只有一条路，跟着韩伟业去常家。

韩伟业带了张家母子三人回到常家，常越森自然是一边对满口告罪的韩伟业连连客气，一边让常大太太妥善将张家娘子先安置到原先三太太的院里。这张家娘子寄人篱下，怎不悲伤？因此难免时常哭泣，无形之中也给常家人添了许多烦恼。好不容易熬到年底，眼看着就要进腊月，一家人无不望眼欲穿、度日如年。只有常桂生年幼不知愁苦，反因来了两个小表哥倒是添了许多乐趣。三个淘气包整天得空不是爬墙就是上树，常启霞年龄虽也不大，却生来稳重，从不与他们一起胡闹，反而时常和田卫兰两个看着他们，随时报告二太太和张家娘子；然后免不了一通大呼小叫；却也让院子里平添了几分生气，时不时打破一下笼罩在常家大院内外的忧郁氛围。

每年一进腊月，就会有一拨接一拨的安徽流民因为家乡的各种灾荒逃到江南乞讨度日。这天，水围边打更的老头眼看着有两个蓬头垢面的男人缩着脖子，抄着手，慢慢往常家水围的桥边蹭，老头便走出更房，站在桥头训斥道："嗨，别再往前走了。这是私人家的。"那两个男人闻声止了步，其中一人抬头道："李叔，是我。"另一人则始终低着头。打更老头闻声一惊，定睛一看，以为自己老眼昏花了，赶紧上前两步，仔细再一看，那说话的不是常家大爷常桂明又是谁?！老头再勾着头看那低着头的，竟是一向都威风八面的大刀常四爷。老头掐了一把自己的脸颊，只恐怕自己竟是在梦里呢。

常桂明、常越山从老头身边跨过，由他一个人立在桥头发呆。

老头转身看着二人背影，好一会儿才回过神来，忙追上去，跑在他俩前头一路报信：“大老爷，大老爷，回来了！回来了！四老爷和大爷他们回来了！”

一家人相见，无不惊惧，开始常越森和韩伟业都以为他俩是在回家的途中遭了劫了，万没想到事情要比他们想的糟糕百倍、千倍。

原来常越山几人一到上海便住进了法租界，常越山满心想要挣洋人的钱，于是便和常桂明一心只在法租界里转悠；张玉树到上海本来无事，不过是随便转转，趁便访访上海的两个旧相识，见常越山叔侄无心玩耍，便自行去访友了。那俩朋友也是些纨绔子弟类的，听说张玉树一行住在法租界里，便问他们有没有去法租界里著名的“燕子窠”玩玩，张玉树本是个好玩的，便跟朋友一起去了两趟，深感有趣，便死活拖着常越山叔侄也试试，常越山叔侄岂不知这鸦片的恶名？哪里肯沾边！但架不住张玉树和朋友一再劝说，又拿话相激，说常越山胆小，不敢碰；那常越山是个最不经激的性格，心想只是尝一尝，不过做个样子罢了，凭自己一身铁骨还怕这么个东西不成？便和常桂明对视了一番，互相点点头，答应试试。谁知法租界里的“燕子窠”大多是三鑫公司黄金荣、杜月笙、张啸林等人的买卖，早就鸟枪换了炮；已不仅仅是单纯的鸦片了，而是吗啡、海洛因、可卡因等毒品一应俱全，只要沾上休想再甩脱了。于是什么生意、本金统统化作一缕轻烟。

正是：“一杆烟枪，杀死好汉英雄不见血；半盏灯火，烧尽田园屋宇并无灰。”

那张玉树经朋友介绍，又认识了上海滩刚刚小有名气的名叫胡蝶的女明星，日日追捧，将家中房产全数典当，只为博红颜一笑，怎奈上海滩藏龙卧虎，深不可测，竟被不知名的所谓情敌暗算，横尸街头。常越山叔侄怕遭牵连，这才连夜逃离了上海。

听他叔侄二人你一言我一语吞吞吐吐地终于将上海之行说了个大概，再看看眼前这两人形容枯槁、半人不鬼的样子，常越森无异于五雷轰顶一般，一股腥甜涌至喉头，忍不住一声咳嗽，一口鲜血应声喷了出来。他眼前一黑，只觉得天旋地转，再也支撑不住了！亏得韩伟业眼疾手快，抢上一步，一把托住常越森，众人七手八脚赶紧将他抬到床上。那张家娘子一听丈夫因与人争风吃醋已暴死他乡，急怒攻心，顿时也昏死在地。二太太一伙又忙不迭地为她掐人中、熏鼻息、薅头发。一时间，大哭小喊，正乱作一团，岂知常越山与常桂明竟不约而同犯了烟瘾，一霎时哈欠连天，涕泪交流，哪里还有心思管别人死活?！两人先时还想自控一下，但时间一长便渐渐现了原形，那百爪挠心的下作样再也掩饰不住。田阿贵等人都吓得手足无措，韩伟业当机立断道：“把这两人捆到西院先关起来再说。”

第八回

心力交瘁　常越森命赴黄泉
雪上加霜　常越山生逢骗局

一家人忙着照顾常越森和张家娘子，待想起来去看看常越山叔侄时，却发现二人早已挣脱了绳索，拿走了张小婉留下的全部钗环首饰，跑得无影无踪了。众人也不敢将实情告诉常越森，只说关着他叔侄二人戒烟瘾呢。但是纸终归包不住火，眼看着常越森一天比一天虚弱，年关又渐渐近了，两人的行踪到底还是被常越森知晓了，无异于雪上加霜，病势更加沉重了。那常大太太本来有病，这一来便又躺倒在床了。有去采购年货的村民前来报信说看见常家叔侄在无锡市里的大烟馆里，田阿贵便想去把他们找回来，常越森却一边捶胸，一边喘息道：“由他们去，不如全死了。”一边忍不住握住韩伟业的手，老泪纵横，“你说，韩先生，这是老天要灭我常家吗？”韩伟业见状，心里也不是个滋味，但也只能好言劝慰而已，并无良策。

大年三十晚上，常越森心力交瘁、油尽灯枯，吐了两口血，睁着眼睛、张着嘴，一命呜呼！

众人虽有思想准备，但事到临头也还是忍不住大放悲声。幸亏有韩伟业在，诸事不乱。又谁知，那常大太太哭天哭地哭亲人，越想越觉得生无可恋，竟悄悄一个人在卧室内悬梁自尽了。这才真是“屋漏偏逢连夜雨，船迟又遇打头风”。韩伟业赶紧安排田阿贵带着两个儿子去无锡城里寻找常越山叔侄。

好在无锡城不大，再加上只往烟馆里寻即可，因此很快就找到了常越山叔侄；田阿贵将家中事故一说，常越山叔侄二人也是失声痛哭，赶紧往家赶。二人回到家中，顿足捶胸，赌咒发誓要痛改前非；常越山主动要求将他叔侄二人分开关着，一个关西院，一个关东院，免得二人又管不住自己互相帮助再脱了绳索。上回便是常桂明用牙齿咬松了常越山的绳索。于是这回便将常越山关在西院原先自己的屋里，烟瘾上来时各种号叫，韩伟业只不理他。常桂明则关在东院自己原先的厢房里，东院正房厅里设着常越森夫妇的灵堂，一班和尚、道士日夜不停，轮番做道场，常桂明闹也罢，叫也罢，众人都得了韩伟业的令，叫务必不要理他，理他便是害他。因此大家也就只忙着如何处置常越森夫妇二人的白事了。

谁知那常启霞与常桂明父女连心，眼看着父亲在屋里百般挣扎、痛不欲生的惨状，实在是心中不忍，再加上常桂明好不容易见女儿时时跑来看他，便如捞着了一根救命的稻草，满口哀求，哪里还有半点做父亲的尊严？！到底磨得常启霞心软，趁人不备，悄悄放走了常桂明。等到众人发现，也无心去追，由他去了。

常越山被韩伟业拘着竟真把个烟瘾给戒掉了，只是身体虚得很，韩伟业与田阿贵等都劝他不必着急，慢慢将养，自然就好了。

日子还是一天天地过着，又到了院子里的国槐树花满枝头的时候，树下的刀枪棍棒却已是锈迹斑斑，常越山拿着一个小竹凳子靠着西院墙边坐着晒太阳，看常桂生爬到树上去摘槐树花，张玉树的两个双胞胎儿子张得金、张得宝，还有田阿贵的小儿子田卫青三个男孩在树下跳着、嚷着："这边，这边。"

"桂生，给我给我。"

"桂生，你小心，别往高去了。"

"……"

“哎哟喂！桂生啊，你又上树，你看你哪像个小姑娘的样啊！”二太太叫道，“老四啊，你还坐在这儿看着笑？还不叫她快下来。”

“这才像我常越山的女儿。”常越山全身都被太阳晒得暖洋洋、软绵绵的，眯着眼睛笑道，“二嫂，你快忙去吧，不用担心，有我在呢。”

“那好，你看着他们几个吧。”

“田卫青，田卫青。”常桂生在树上笑道，“韩先生说了，你要是没了那个‘田’字，你就是个大英雄了，我看你有没有那个田’字，你都是个大狗熊。胆小鬼！”

“田卫青，大狗熊。田卫青，大狗熊。”张得金、张得宝立刻应声拍手瞎起哄。

几个孩子正吵嚷间，常越山眼看着女儿脚下一滑，一下子从树上摔了下来；他赶紧想起身跃过去伸手接住女儿，不料腿一软，竟扑通一屁股跌坐在凳子上，昔日那个身手矫健、龙精虎猛的大刀常四早已烟消云散了；他坐在凳子上眼睁睁看着女儿重重地摔到地上……

常桂生这一摔虽无性命之忧，但左腿骨折，在床上整整躺了将近一年。

常大太太与二太太以及常大娘子留下的首饰皆典当一空，家里的牲畜也或卖或用几乎空了圈了。家里的老妈子、大门口打更的老头都早已辞了，家中衣食之类主要都是二太太和田阿贵的老婆田江氏操持；二太太也是往六十奔的人了，再加上家中大事小情接连不断，侍候了桂生一段时间自己也累倒了，虽有原先大太太屋里留下的丫头范四喜忙前忙后，再加上田卫兰已经十四岁，是个小大人了，也帮了不少忙；但家里不是这个病了就是那个倒下了，也实在是难免顾此失彼。更何况留下的范四喜本是常大娘子娘家远房的侄女儿，到常家来原本是指望挂着伺候几年大太太的名，实则不过是和常启霞做个伴，然后由常家做主找个好人家嫁了，而且常家必定还能赏副好嫁妆；如今常家一落千丈，如意算盘落了空，想回老家，家中景况还不如常家，便留了下来，但心里未免就有些失落，做事自然也就不那么经心了。那常桂生年纪还小，生了褥疮竟不自知，等发现时左边屁股上都已经烂了一大块肉；常越山东拼西凑带了些医疗费赶紧用车推她去无锡城里看病，二太太考虑到常桂生虽然只有八岁，但毕竟是女孩子，便让田卫兰跟着一起去，好方便照料。

到了城里，医生刮了腐肉，清洗了伤口，倒也无甚大碍，常越山悬着的心这才放下。上了药，又配了回家内服、外敷的药，三人便打算买点吃的好往家赶，常越山将车推到路边，将没用完的装着钱的布包塞在桂生躺着的被褥下边，让田卫兰看着，自己只拿了几个零钱去买吃的。

哪晓得他们早被一个不怀好意之徒给盯上了，常越山前脚走，那天杀的便过来对田卫兰和常桂生道："你俩是叫桂生和卫兰吧？"两个小姑娘连连点头。那骗子便又道："你阿爹带的钱不够，叫我来取。"两个小姑娘见这人能叫出自己名字，便毫不疑心，田卫兰问道："取多少呀？"那骗子挠挠头，假装想了想，道："哎哟，我也不知道。要不全给我吧，省得跑来跑去的。用不完你阿爹自然会拿回来的。"两个小姑娘依言将藏在被褥下的钱包取出给了那骗子。

常越山回来一听述说，知道上了别人的当了，满街反复寻了几遍，哪里能有一丝踪影！街上站闲的有人建议要么报官试试，还指着不远处道："警局就在那儿，有当无地试试呗，反正报案也不要钱，万一那骗子在别处落网，招供出你们的事，兴许还能找两个钱回来也是好的呀！”常越山想想也是，便将车推至警察局门口，进去报了案。

那局长生得五短身材，微微秃顶，看上去不苟言笑的样子，听了常越山的叙述，便叫另外两个当事人也进来，常越山便道：“小女腿摔断了，还没好全，侄女儿在外头看着她呢，没法进来呀！”那局长抬起眼皮子瞄了瞄常越山道：“在我这警察局门口还怕丢了孩子不成？叫那个腿没断的进来录个口供吧。”常越山无奈，只得出来叫了田卫兰一同进去。

那田卫兰在外面越想越懊糟，越觉得自己蠢，正哭得伤心，见常越山叫她进去做证，只得抹抹眼泪跟了进来。那警察局长正仰着脖子靠在椅子上作闭目养神状呢。

常越山上前叫了一声：“局长大人。”

那局长拖着长音“嗯”了一声，慢慢坐直身体，抬起眼皮子，一下子看见了眼前腮上犹挂着泪痕的田卫兰，恰如一枝雨后的海棠。他眼前一亮，不由得挺直了腰杆，将身体向前倾了过去。

第九回

仆役之女　田卫兰时来运转
卑贱丫头　范四喜咸鱼翻身

那警察局长将胳膊趴在桌上，换了个和颜悦色的语气望着田卫兰道："叫什么名字？"不等田卫兰答话，又转脸训斥旁边负责记录的警员道："一点眼色没有，快给大叔和这位姑娘拿个凳子坐会儿，站到现在肯定早就累坏了。"说着起身亲自倒了两杯水，一杯递给常越山，一杯递到田卫兰手中。

常越山接过水并不敢喝，搬来的椅子也不敢坐，只是诚惶诚恐地微微低着头站着。田卫兰刚在外头哭了一气，正渴呢，接过水便喝；不想刚倒的水，烫得很，不由得"哎哟"了一声，那局长赶忙一迭声连连道歉："哎呀！怪我怪我，烫着姑娘了没？"田卫兰烫得直伸舌头，那局长看得眼都直了。旁边的警员叫他才回过神来："局长，局长，该问话了。"

“嗯，这个，大叔啊，我呢今年四十四，祖籍徐州，行伍出身，这局长呢也做了有七八年了，也曾娶过一门亲，但是夫人呢早逝，也没留下个一儿半女，如今是孤家寡人，老哥一个。哦，对了，我叫丛德生。”那局长咽了口唾沫，“这么说吧，我看中你家这姑娘了，想求个亲，不知大叔你意下如何啊？”常越山听他说得突然，又如此直接，一时间竟呆住了，不知如何接茬。

“他并不是我爹。”不料田卫兰一旁脆生生道，“我阿爹叫田阿贵。”

常越山闻言惊得转脸看田卫兰，只见她神色镇定，没等常越山开口，田卫兰接着说道：“你想求亲就该去雪堰桥找我阿爹商量。”

“好，三天后我登门提亲。”丛德生大喜道。

三天后，常家一群人尚惊疑未定，那丛德生却果然如约而至。天下事无巧不成书，那丛德生居然和韩伟业是旧相识，都是原张勋旧部，当年卸甲归田的不止韩伟业一人，那丛德生因为有个姑父在无锡政府里是个官员，便为他谋了如今这个警察局长的美差。丛德生与韩伟业都没想到竟会在此处相遇，二人一番叙旧，问及韩伟业现谋何事，韩伟业说自己是常家私塾先生。丛德生见常家人人都敬着他，不免将信将疑，后经众人一再证明方才信了。

本来田阿贵听了常越山回来的述说，心想这就是要明抢女儿的意思呀，因此早打定主意以死相拼；不料此人与韩伟业竟是旧交，且听了言谈倒也并非像原先想象的那地痞恶霸之流，加上田卫兰自己愿意，故虽说二人年龄悬殊太大，但生逢乱世，也就顾不得许多了，当下便应允了亲事。

从德生更没想到事情竟如此顺利，明知此事韩伟业虽然一言未发，但若是没有他这一环，事情进展断不会这般称心，于是便邀韩伟业一起去无锡城里发展，见韩伟业再三不肯，也就不再勉强。

当下约定秋天便来迎娶。从德生便问田阿贵聘礼的事，田阿贵是个老实人，正想开口客气推辞，不料田卫兰一直躲在里屋偷听，此时听到聘礼之事，便一步迈了出来，大声道："我不要聘礼，只要我阿爹、姆妈，还有弟弟们都跟我一起走。"田阿贵刚想训她，从德生却哈哈大笑道："管。反正我一个人，我锡山下那院子也尽够你们全家住了。"

从德生走后，且不说田阿贵一家人聚在一起谈论往后的日子，只说常二太太思来想去，决定去西院找常越山商议；正巧韩伟业与常越山也正在说事，二太太便打算等他们说完再来，却被韩伟业叫住：“二太太来得正好，也省得我再单独去辞行了。”韩伟业请二太太坐下，接着说道：“本来越森去世后我就已经打算回苏州了，只是越山大病初愈，我也就没好意思说这个事，如今越山也一天强似一天了，我也该回家看看去了。”见二太太想要出言挽留，韩伟业摆摆手道，“我心意已决，只是有一件事不知道该如何处置？”二太太忙问何事，韩伟业道：“就是这玉树娘子，我却不知道怎么安置他们母子呢。”二太太道：“叫我说这事还是问她自己吧。”韩伟业与常越山皆点头称是，三人不免又聊了几句张玉树，想起当年张玉树也算是苏州城里数一数二的少年英侠，没想到竟是如此下场；自然又念及常桂明，也不知他如今流落何方？常越山便打算抽空去无锡城里找一找，就算是捆也要把他捆回来，死也要死在家里，绝不能像张玉树那样客死他乡。

三人感慨一番，常越山道：“对了，二嫂，你找我什么事呀？”韩伟业闻言起身告辞，二太太招手笑道：“韩先生你且别走，有件好事正要你参谋。”

“哦？是吗？什么好事呀？”韩伟业笑道。

“是这样啊，卫兰过几天呢就要出嫁了，而且是要带走全家的。桂生的腿呢虽然不会落下什么毛病，但看样子还要在床上躺一阵子才能下地，我呢是一天老似一天了，总不能照顾桂生长久，所以我想呢，四喜嘛，一天天也大了，都二十好几了；本来人家范家指望姑娘到我们常家来只是摆个渡，没想到现在是进也不是退也不是了。所以我想如果越山把四喜收了房，一来定了四喜的心，二来么桂生我也放心了。”常越山一听连连摆手，刚要说话，二太太接着说道：“老四你先别摆手。不是我要触你的心经，话已说到这个份上，你就让我索性把话都说完；我知道你心里放不下小婉，可是桂生难道不是小婉留给你的念想吗？她要是有个三长两短，你岂有不后悔的？四喜来了也有好几年了，我看那丫头还行，但她最近明显心不大定了，不然桂生也不至于褥疮生成那样，她都没发现，老四你是个当爹的，照顾女儿有许多不便之处，必得有个女人才行。韩先生你说我这话对吗？”

韩伟业连连点头。

二太太便接着道：“所以我想老四你不如将四喜收

了房，反正又不是正房太太，你心里也不必过不去。况且四喜还年轻着呢，万一再给我们常家添个一儿半女的，岂不是皆大欢喜？”

“我看二太太言之有理啊！”韩伟业笑道，“只是不知那四喜姑娘意下如何啊？”

“这个你们不用操心。”二太太笑道，“韩先生你只把老四劝过来就行，我去找四喜。”

这里韩伟业与常越山继续谈心，二太太自去找四喜，并不说是收了房，也不提是正房还是偏房，只问她愿不愿意嫁给四老爷，又说常家虽然今非昔比，但瘦死的骆驼比马大，单这么一座大宅院也够一辈子吃喝的，何况万一四喜生个一儿半女，将来再把酒坊开动起来，还怕常家不重新兴旺发达？！二太太给四喜勾画的蓝图，其实也是她自己内心的美好愿望，所以她越说越高兴，越说越有信心；四喜也听得两颊绯红，意乱神迷，况且她是见过常越山英雄神武之时的，那时自己心里哪里敢想竟有今日之事啊！所以当下便点头应允了。

那边韩伟业也做通了常越山的思想工作，于是择了个吉日，抢在田卫兰出嫁前，一家人吃了顿团圆饭，便圆了房。四喜也无所谓她娘家人，所以也并不曾通知她娘家什么人，只是饭桌上让常桂生改口叫了四喜一声“娘”，田阿贵等人便依着称呼四喜为“姨太太”了，四喜心里虽说也有几分失望，但“姨太太”也是“太太”呀，而且她深知常越山也不可能再续弦，自己还不是就跟太太一样？这么一想心里也就平服了。不过说句实在话，那四喜除了一个称呼从“四喜”变成了“姨太太”，该干的活一样也不少，倒是正如二太太所言，心定了，做事比从前用心了。

紧跟着选定的日子——十二月十二（腊月十九，宜婚嫁），田卫兰也出嫁了。二太太拼拼凑凑还是帮她准备了几件像样的衣裳，总算让她体体面面地嫁了出去。

从德生果然兑现了诺言，让田阿贵全家都跟了过去。那从德生本来以为只是娶了个美人而已，不想田卫兰在常家私塾照顾常桂生两年，竟也能认识不少字，对从德生而言也可谓是意外之喜呢。于是格外宠爱田卫兰，没过多久，利用职权，加上从前也有些积蓄，便在无锡城里占了一处好市口，开了一家粮行，让田卫兰当了面子上的女老板，田阿贵做了掌柜的，三个兄弟正好做伙计，一家人将个粮行经营得热火朝天。这些皆是后话啦！

且说田阿贵一家走后，韩伟业也就告辞回苏州了，张家娘子想想自己留在常家终究不是长久之计，到底还是跟了韩伟业走了。韩伟业老家也有几分田地，一向租给别人栽种，这一回去也就收回来自己收拾了。张家族人有好事者想要撮合韩伟业和张家娘子，但被韩伟业断然拒绝，且怒斥了一顿，也就无人多事了。开始时难免议论纷纷，时间久了，见韩伟业一身正气、张家娘子对韩伟业谦恭谨慎，如奉公婆，张得金、张得宝也渐渐长大，闲言碎语也就不攻自灭了。这也是后话。

且说那四喜与常越山圆房不久就有了身孕，家中如今只有水围边一个打更的依旧侍弄着鱼虾，一个长工虽在，但田里干不完的活，常越山总不能将家中老小撒手撂下不管，便只好将寻找常桂明的事先放一放。

转眼送了灶，一家人正欢欢喜喜开始忙年，久无音讯的常桂明居然自己回来了，不过他可不是一个人回来的，跟他同来的还有两个债主。

第十回

败光家财　常大少愧对亲人
戎马一生　老先生解甲归田

原来常桂明逃走之时带走了家里的房屋地契，为了满足烟瘾，哪里还管他人死活。那烟馆里和赌场中一般无二，都有一伙专等人典当借债，然后收其房屋田舍、妻子儿女的泼皮，好将这伙败家子的身家性命全都拿来换了青烟。如今便有两个这样的债主跟着常桂明上门讨债、验收房屋来了。

常越山气得青筋暴露，又无可奈何。常桂明虽已成烟鬼，但不犯烟瘾时也知羞耻，此时与家人相见，哪里还有脸抬头？所幸常三太太回娘家时，常越森为了给三太太娘家人有个交代，将所有文书材料全都做成了分家状，一式四份，当年三太太只要了田地，并未要房产，三房的相关契约在二太太处保存；因此常家大院的房屋地契实际上已被分成了四份，只有酒坊不曾分割，仍是一份完整的房屋地契，连同祠堂作为永不分割的祖产一直放在常越森处保管。所以，被常桂明拿走的除了东院的房屋地契，还有酒坊和祠堂的。

如今债主上门要收了酒坊、祠堂和东院。首先，这祠堂那是绝对不能放弃的；其次，常越山与二太太心中都不愿意失去酒坊，常越山是想借酒坊翻身，二太太是因为这酒坊乃是先夫常越林心血。所以，二人商量了一番，决定用三太太留下的院子以及原先长工们和田阿贵一家所用的那一排房屋，以及两院房前屋后的土地来换酒坊和祠堂。那两个泼皮债主看那酒坊不过是些机械酒瓮之类，并没有什么值钱的家伙，再看祠堂更是个空壳子而已，再加上原先牲口棚处如今都是一片菜地，侍弄得又极好，俩人觉得这样聚拢在一处将来也容易出手，于是便同意交换，约好年后来收房便回城去了。

常桂明原本羞愧难当，又见常越山竟真将烟瘾戒了，一时间不免也有些热血沸腾，便赌咒发誓也要戒烟。常越山也只能死马当活马医，答应助他戒烟。于是便沿袭自己从前的经验将他单独一个人关在东院的厢房里，常启霞早就搬到二太太院里住了，因此东院由着他一人哭喊号叫，并无一人理他，只供应日常吃喝而已。

如此一番煎熬竟真把个烟瘾也给戒掉了。全家无不欢喜。常桂明自己也如获重生，欣喜万分，只是吸毒日久，身心俱废，真不是短期内就能复原的，只好慢慢将养着了。

只是这样一来，常家大院便不再完整了。债主年后是要来收房的，常越山等人计议一番，决定将祠堂东面的院墙延伸至大院墙边，祠堂后面的花园东面也砌了一堵墙，同时将水围与新墙同一条线上南北各填了道堤坝，好隔断水域，免得鱼虾乱窜。又在大院东面墙上开了一扇门，以便东面两院独立进出，因大院门前如今已成粮田，虽说无论从原先的桥上还是从新垒的堤坝上走都能进院，但常家人都不愿意看见外人成天从大门口绕来绕去的，所以干脆在东门前的水围上搭了个临时的竹桥，想将来不管谁来用肯定也是宁愿方便直接从新桥进院的，自然就不会绕路从大门前过往了。既已大改，常越山索性将原先中看不中用的花园全平了，改种烟叶子，将来好歹也是个进项的来源，毕竟那酒坊启动只能等常桂明痊愈了才行。常桂明如今可谓是一无所有，只得厚着脸皮住到二太太的厢房里。

年后债主来看，见事事俱已安排周全，也挑不出什么毛病，何况他们自己心里有数这院子本就是昧着良心连哄带骗、趁火打劫所得，且自己又不会来住，最终不过是倒手换现钱的，自然也就满意而去。

后来这院子被一个在外省当兵祖籍雪堰桥的也姓常的老先生所购，两家相安无事，时日久了，因为常桂生的腿好利索了，就又开始四处撒欢，时常跑到隔壁常家玩耍。那位常老夫人原先也曾有过两次身孕，但均因军旅颠沛流产了，如今只和常老先生以及一个老妈子、一个丫头，还有一个二十刚出头的名叫马小军的勤务兵，一家五个大人过日子，也甚是无聊。恰常桂生天生胆大，不惧生，又生得眉目清秀，聪明伶俐，因此常老夫人十分喜爱，只要桂生过来串门，便留她吃些点心、零食之类的，后来有时教她几句诗文，那桂生也是一学就会，常老夫人越加欢喜；常老先生看的书她也时常凑过去看看，偶尔问她，也能对答几句，或通或不通，常老先生便随口指点一下，竟也都能记在心上，于是常老先生也日渐喜欢起来。渐渐地，两家大人之间便也有了些往来，常二太太也是个能说会道、知情达理的，与常老夫人颇能对得上话；常老先生行伍出身，与常越山也甚是说得来。

这一接触，才知此人乃孙传芳旧部，张宗昌部败退滦州，孙传芳在北京宣布下野，张、孙残部基本上都向国民革命军投降了，这位常老先生厌倦了戎马生涯，便携了家眷回祖籍了。虽说是老家早已无人，但到底算是全了落叶归根的心意。这常老先生让人将原先的长工房统统拆除，空出的地方全都种上了蔬菜、瓜果，还打掉了原两个小院的院墙以及两院厢房，只留下了紧东边的两间厢房，一间做了厨房，一间勤务兵马小军住着，原先的东院正房东屋给丫头、老妈子住了，小厅做了餐厅，西屋空着；常老先生夫妇自己住了原三太太院里正房西屋，东屋做了书房，这么一改便有了个豁大的院落，原先四个院里每院西南角上都有一口井，常老先生让人填平了原来东院的井，只留下原三太太院里那口井，沿着院墙一圈栽满了竹子，院子当中搭了个葡萄架，栽了几株葡萄，架下安了一副石头桌凳，看着甚是赏心悦目。又花钱将门前的竹桥改作一座小石桥，还在桥头刻了“奈何桥”三个字，村里人见了心中都暗暗奇怪，只是嘴上不好说。

独桂生一人童言无忌：“常家爷叔，我听韩先生说过，这奈何桥是人死了才过的，你为什么活人却给桥起个死人的名字呀？”

常老先生笑道："你那个韩先生说得对，奈何桥的确是阴曹地府的，不过我现在天天在这桥上走来走去，死死生生，一天好几个循环，你说我是死是活呀？"

桂生眨了眨眼睛笑道："我知道了，你天天生死好几回，早就成仙啦！"

常老先生听了乐得哈哈大笑，喜得常老夫人搂着桂生亲个不歇，笑道："这个小毛丫头呀，你这是没喝孟婆汤啊，成个小人精了，怎么这么会说话呀。还长得这么俊俏，将来不知什么人有福消受呢！真真是爱死人了！"常老先生却摇头轻轻叹了口气，道："'不要姐儿长得俊，只要姐儿有好命。'可惜啊，这丫头将来有苦头吃呢。"说着又看了看常桂生，"眉间一条剑，也是个犟脾气哦！"常老夫人轻声嗔道："你不要乱说八道的，她一个小毛丫头，什么一条剑两条剑的。"

"老祖宗留下的麻衣神相错不了。"常老先生淡淡一笑，"你瞧好了，这丫头的命呀，是'一丈红绫门头挂，外头好看内里空'。"

"什么意思呀？"

"你且别管什么意思，只看着好了。"常老先生对夫人笑道。

不想桂生也已听见，便抬头问道：“常家爷叔，‘一丈红绫门头挂，外头好看内里空’是什么意思呀？”

“他乱说的，不理他。”常老夫人赶紧岔开话题，“我上回教你的范仲淹的《渔家傲·秋思》，你肯定全忘了吧？！”

“才不会呢！”桂生“咯咯”笑道，“塞下秋来风景异，衡阳雁去无留意。……”

且说常越山听了常老先生的身世，自然想起韩先生，想去探望，但四喜一年一个，头一年生了个儿子，第二年又生了个女儿，家中事务繁杂，那常桂明又非但没有复原，还得上了哮喘，整天咳成一团；所以哪里走得开，只好徒相牵挂罢了。

那四喜自得了儿子，自感鱼跃龙门，不比从前，便有了些骄纵之心，原先称呼常越山一口一个“四老爷”，如今便想学张小婉改口叫“四哥”，岂知被常越山怒斥道：“四哥也是你叫的？！”

“那我叫你什么呀？”四喜嘟囔道，“我如今替你生了一双儿女了，总不成还叫你‘四老爷’，难道叫你‘喂’不成？”

“喂就喂，随你便。”常越山闷声道，扭头便走。

在他心里，也只有对这一声“四哥”称谓的保留算是对张小婉的无尽眷恋了。

气得四喜从此便只以“喂”字做了常越山的称呼。

放在从前，四喜做梦也不敢将自己和那位千娇百媚的常四太太张小婉相提并论，但此一时、彼一时，今非昔比了，常越山不许她叫“四哥”的意思她心知肚明，嘴上不敢说破，但心里自然是不痛快的；那桂生已经十岁了，越长越像张小婉，四喜看着便觉着不那么顺眼了。于是便借着孩子的名，开始让桂生帮忙带带弟弟、妹妹，不要总去隔壁邻居常老先生家玩了。常越山见了也不好说什么，只得由她去了。何况种的烟草也需挑到各个集上销售，自己也不常在家，两个小的四喜一个人也的确忙不过来，虽有二太太和常启霞偶尔搭把手，但自从田阿贵一家走后，二太太便带着常启霞与常越山一家分开了锅灶了，各过各的日子；二太太的身体也是每况愈下，全靠常启霞照顾，如今常桂明的日常生活也指望女儿伺候着，所以常启霞又哪有什么闲工夫帮四喜看孩子！四喜见常越山不作声，索性将家中洗衣浆裳、刷锅洗碗、淘米做饭等一应家务之事尽皆交与了桂生，自己只一心照看一双亲生儿女。

第十一回

情投意合　常启霞如愿以偿
奔波劳碌　常越山路遇无常

一转眼，四喜的一双儿女都满地跑了，桂生也十三岁了。常启霞十七岁，更是出落成了大姑娘了。

自从看守水围的打更老头去世后，常越山也就没再找人，大鱼早就捞完了，剩下的小鱼小虾便由它们在水围里自生自灭了。那水围没人侍弄，时间一长竟渐渐变浅了，堤坝也慢慢地松塌下来，不知不觉便有了坡度，人可以走到水里去。也不知什么缘故，院子里的井长久不淘，水也越来越少，打一桶水费劲得很，常桂生和常启霞干脆结伴到水围边淘米、洗菜、洗衣裳。站在水里，看太阳底下，小鱼、小虾来吃从淘米箩里漏下来落在脚背上、脚丫里的碎米，痒痒的、暖暖的，桂生和启霞相视抿嘴而笑，不敢发出声音，怕惊了水里的鱼虾；这是她们最快乐的时光，只属于她俩。

谁知却忽然有一天，常老先生家的勤务兵马小军挑着两只水桶走进了她们的世界。马小军声称他们院里的井也没水了，所以他需要挑水，而他们那边的水围太小，水不够清，所以他只好走过奈何桥，绕到她们这边的水围挑水了。桂生信以为真，便热情招呼他只管来挑，启霞却什么也没说，只是约桂生去水围边的次数越来越勤了；每次总能很“凑巧”地遇上马小军。

如此过了半年左右，从来不到别人家串门的常老夫人竟然在一天午后来到常家，先说好久没见到桂生了，很是想她，所以过来看看，还带了些点心送给四喜的两个孩子；四喜一见常老夫人通身的气派，下意识地就请出了二太太与她搭话。常老夫人和常二太太是打过交道的，因此便开门见山说是马小军托自己来向常启霞提亲的，二太太一听为这个事来的，便请出常桂明一起商议。

两个年轻人年纪相当，常启霞也早就芳心暗许，本来此事自然是水到渠成，但只因马小军孤身一人，老家早已无人，这才跟了常老先生一同回乡，如果将启霞娶过去，又怎么安顿呢？常老夫人早已想到这一层，来之前就已和常老先生、马小军皆商量过了，知道常家必有这个顾虑，所以连忙说明马小军愿意入赘常家。二太太与常桂明当然求之不得，正愁常家人丁寥落呢。但如今常家乃是常越山当家，此事自当需与他商议一下。

常越山现在已不单单卖烟叶子了，自己搞了个可以卷烟的小机器，把烟叶子切成丝，卷了，不单挑到集上去卖，还时常送进无锡城里的商号去，这次出门也有几天了，想必也快回来了，于是众人商定只等常越山回来定夺，若无异议，此事就算成了。

话说常越山这一趟跑得极顺，不但带出来的货销售一空，还和几家商号定下了合约；因此一路上兴致高昂，脚步也格外轻快，担子里放着从城里买的吃穿等物，急急往回赶。不想竟下起了牛毛细雨，江南雨多，常越山倒也并不在意，只是用油布将东西盖盖严实，继续赶路。这一下雨，天便暗得早了，乡间的土路被小雨打湿了，渐渐地有点打滑，常越山便开始留神脚下，不想挑的担子前面的箩筐竟撞着了人；常越山一惊，抬头一看，竟是个看着也就七八岁的小男孩儿。

“哎呀！没撞坏你吧？”常越山忙道，“我光低头看路了。”那孩子也不作声，常越山看他也没什么事，心里又急着赶路，便走开了。走了不到一袋烟的工夫，突然看见那孩子立在正前方，常越山心里有点犯嘀咕，走到跟前大声道：“哎！你是谁家的孩子，下雨了，也快黑天了，你怎么不回家？你家大人要着急了。”那孩子依旧不说话，只静静地站着。常越山走到跟前，对那孩子道：“你是迷路了吗？我送你回家。”说着将所购之物统统挪到前面的箩筐里，让那孩子坐在后面的箩筐里，心想大概也就是附近村里的，于是挑着那孩子到就近村里问了一圈，竟无一人认识。

回到村头大路上，天已黯黑，常越山突然心中一凛，自己挑着这么个七八岁的男孩转了这么一大圈，怎么竟没觉出一点分量呢？挑子也一直往前倾；不由得猛回头一看，只见那孩子已不是先前模样，身穿红袄绿裤，手里端着个崭新的铜盆，端端正正坐在箩筐之中；常越山不由得打了个寒噤，心下一横，大喝道：“我好心帮你回家，你却弄这么一出，我不管你是哪路鬼神，我大刀常四生来神鬼不惧。”说着大步上前，伸手将那孩子一把从箩筐中扯出，照着路边的水塘扔过去。

周围寂静无声，既没有听到孩子的哭叫声，也没有听到孩子的落水声。

常越山一下子魂飞魄散，挑起担子，没命地往前跑。

也不知跑了多久，东方渐白，常越山这才放缓脚步，四周看了看，原来自己跑了一夜居然还在昨晚的那个村子边上。他放下担子，蹲在路边连抽了三锅旱烟，理了理头绪，他有点恍惚，不知道昨晚的事是真是梦，还是自己最近太累了出现的幻觉；他有心到村里问个究竟，却又怕村民证实了自己昨晚确实挑了个孩子挨家问询的事；看太阳也渐渐露了光，自语道：“这大太阳底下，有什么可怕的？！”

话虽如此，但从此常越山便夜夜梦到那孩子，惊醒后便不敢再睡，精神越来越不济。

且说自从马小军入赘常家，因为他身兼两家的体力活，两家倒比从前走得勤了。这一日天气晴好、春光明媚，常老先生竟溜达到了常越山家；常越山正蔫蔫地坐在大院里用自制的小机器卷烟。

“越山啊，好久没见你过去串门啦！”

“啊呀！您老今天怎么贵人踏贱地啦！”常越山赶紧找了把竹椅让常老先生坐下，“您有什么事，叫小军过来叫我一声好了。”

“我是真没什么事，就是好久没见着你了，忙什么呢？”

“嗨！我能忙什么呀？！还不就是一家人的吃喝呗。”常越山说着点了支烟递给常老先生，“您尝尝，这是新烟丝。”又回头叫道，“桂生，给常老先生泡杯茶来。”

常桂生端了杯茶出来，笑道：“常家爷叔，您来啦！”又搬了个小竹凳给常老先生放杯子。

常老先生接过茶笑道：“你也不过去玩啦？”

“家里事多。”桂生笑道，“您坐着。”说完便进内院去了。

“越山呀，我看你脸色不大好呀！”

“唉！”常越山轻叹了一口气，“我正有个事想请教您老呢。您听说过鬼打墙之类的事吗？”

“当然听过。”

“是吗？”常越山停了手中的活计，凑过来坐到常老先生跟前，“您说说呗。”

“有一年我们急行军增援济宁，快到前线时派了个侦察班先行探路，他们几个就遇上过鬼打墙的事，硬是在荒野里绕了一夜。”

“是吗？那这一仗呢？”

“大败啊！”常老先生摇摇头，“我们等不着消息，上峰又催得紧，只好先顶上去再说，正好遇上吉鸿昌部，一个混成旅差一点全军覆灭。”

“这么多人还遇上这事了？”

“是啊，本来还想乘夜出奇兵偷袭孙良诚的。”

“那么那几个侦察兵呢？”

“回来全都病倒了，几个人都说遇到了一个老头主动帮他们，说有条小路可绕到孙良诚他们后方。结果几个人立功心切，跟着老头绕了一晚上，天一泛白，老头人就不见了，他们还在原来的地方待着呢。”

“会不会是他们编瞎话骗上峰呢？”

“其中一人乃是我亲兄弟，他是老侦察员了，极有经验的，他哪能骗我呢！”常老先生摇摇头道，“唉！不过上峰的想法和你一样啊，都以为他们是编瞎话。”

“结果全都军法从事了？毙了？”

“哪那么多军法从事啊？”常老先生笑了笑，摇摇头道，“打一顿是免不了的。天天有仗打，总归还是吃了枪子。我估计是真的，俗话说：‘遇见老鬼一场病，遇见小鬼要送命。’看他们几个回来后满脸晦色、印堂发黑，必是遇到什么脏东西了。”忽然，他看着常越山的脸道："越山，你的脸色灰暗，最近没什么事吧？"

"没有没有。"常越山心下一阵慌乱，"我能有什么事呀！大概最近太累了。"

常老先生走后，他的话便时时萦绕在常越山的耳畔、心头："遇见老鬼一场病，遇见小鬼要送命。"

第十二回

病入膏肓　常越山临终托孤
乳燕离巢　常桂生弱女出嫁

端午前两天，久别的田阿贵忽然带着小儿子田卫青来访。卫青今年已经是十七岁的少年郎了，个头虽不算太高，但生得眉清目秀，又在城里重新上了学，穿着学生装，看着甚是儒雅。与桂生虽是分开了几年，但桂生天性豁达，并不扭捏，所以二人见面不一会儿便找到了话题：卫青的学校生活。桂生十分好奇，各种疑问，卫青便将城里的学校与乡下私塾的各种大不同一一说与她听。

四喜把田阿贵引进卧室，见了瘦得皮包骨头卧病在床的常越山，田阿贵大吃一惊，“啊呀！四老爷，您怎么成这样了？到底什么病啊？请医生了没有啊？”四喜道：“哪有闲钱请医生呀！”田阿贵忙道：“怎么不让人进城找我呀？！”常越山摆摆手，对四喜道：“你去吧。没你的事。”正好外面两个小的为着争抢田阿贵带来的糕点之类哭闹起来，四喜便出去了。

田阿贵在床边坐下，“有病您得看哪！”

常越山摇摇头道：“没用的。我心里有数。别说我，你今天怎么想起上这儿来了？”

“是这样。这两年呢我也攒了点钱，在淮阴老家置了几亩地，盖了几间房子，打算端阳后就回老家去了，所以节前来看看您。”

“你们在无锡不是蛮好的吗？为什么要回苏北啊？”

“唉！”田阿贵叹了口气，犹豫了一下，“跟您，我也不瞒着。如今衣食是无忧，但那从德生原先在军中受过伤，娶妻不过是做个样子。”田阿贵又长叹了一声，“唉！也不知怎么弄的，卫兰浑身的伤痕，跟她妈面前偷偷地哭了好几回，后来她妈告诉我，我说散了拉倒。可她说她这一辈子就为这个家了。”田阿贵说着停了停，压了压心头的悲痛，“又说从德生对她真的挺好的，弄伤她不过是心里着急罢了。唉！白天看着，那从德生也的确对她挺好，对我和她妈还有几个兄弟也都不错，还把卫青送学堂了，所以卫青不跟我们走。”田阿贵苦笑了一下，“命啊！这就是命啊！四老爷您说呢？”

常越山点点头，不禁也跟着叹了口气。

田阿贵道：“四老爷，您这到底是怎么了？我这就给您请医生去。”

常越山闭上眼睛摆摆手道：“别。我有数。我是肯定好不了了。”田阿贵还想再劝几句，常越山摆手制止，“阿贵啊，你若是真念旧情，务必替我照看桂生几分。”常越山扭头看了看房门，压低嗓音道，“我心里有数，四喜有点容不下她。”

“您放心。我将来一定给大小姐找个好人家。”

“唉！”常越山摇摇头，“什么样的才叫好人家呢？”常越山抬眼望着田阿贵，“不知卫青有没有定亲啊？你若不嫌弃，我想让桂生去你家。”

田阿贵闻言惊道：“啊呀！四老爷您说哪里话？我怎么敢高攀哪？！”

常越山略微有些焦躁道：“这些虚头巴脑的话就别说了，启霞还不是嫁了隔壁的勤务兵。什么时候说什么话吧！卫青我看着长大的，怎么也不会让桂生受罪的。你就说你愿不愿意吧！”

“愿意愿意，我当然愿意呀。”

“那好，趁着我还有口气，你挑个日子，把桂生接走吧。”

“可是大小姐才十四岁呀！”

“上你家当童养媳妇去吧。你若不按我说的办就是叫我死不瞑目呀！”

田阿贵见常越山态度坚决，想了想道：“行，四老爷，您说怎样就怎样。我回去就张罗这事，先不回老家了。”田阿贵又想了想，“您看这样行不行，我请人择个日子，大红花轿抬了大小姐过门，先不圆房，过两年，大小姐十六、卫青十九，正好该考学，考上考不上的，都叫他们圆了房。我想卫兰就是十四嫁给丛德生的，实在是太小了。如今不能让大小姐也走她的老路啊！今非昔比了，我们犯不上那么做呀！您看怎么样？”

“阿贵啊，你想得周全。”常越山点头道，“桂生由你看着我也就放心了。”

田阿贵走后，常越山将桂生叫到床前，握着女儿的手，桂生的一双手满是冻疮的疤痕；常越山想起张小婉那双描龙绣凤的纤纤玉手，禁不住潸然泪下，哽咽道：“桂生，阿爹对不起你，对不起你妈呀！”桂生强忍着泪水，笑道：“阿爹，你快好好养好身体吧，早点好起来，别想那么多。”常越山看着女儿，含泪笑道，“好，爹听你的。桂生，爹把你许给卫青了，他应该不会给你罪受的。”

“行，我听你的，阿爹。”桂生想逗常越山开心，含泪笑道，“你放心好了，卫青他打不过我的。”

常越山也忍不住笑道：“那是，我大刀常四的女儿，哪能受人欺负！”

田家的花轿如约而至，常越山强撑着坐到厅里，和常二太太一起坐在正座上受了常桂生和田卫青的头；二太太也是卧床多日，强撑着起来的，所以并没有人为桂生准备什么嫁妆之类的——新娘的凤冠霞帔都是马小军跑去租借来的。好在桂生年龄不大，个头却不小，穿着也还算合身，只是脚上的鞋子没法租——那桂生一双天足，从未裹过。常越山倒是安排了四喜替桂生准备准备，但四喜借口两个小的整天缠着她，腾不出空来，便只帮桂生做了双新鞋。桂生毕竟还是个孩子，得了新鞋便穿上了，租来的裙子略微有点长，正好挡住了鞋子，因此并没有谁发现有什么不妥。倒是隔壁的常老夫人送了桂生一对银镯、一根银簪。

“桂生啊，这一结婚就是大人了，不管你多大，到了人家没人再拿你当孩子看，嫁到谁家都一样。”二太太抹了抹眼角的泪水，递给跪在面前行礼的桂生一个布包袱，“二娘什么也没给你准备，这包东西是你妈留下的。我一直收着，就等今天呢。”

桂生打开包袱皮，里面整整齐齐地叠放着当年张小婉为自己结婚而准备的亲手绣的一条“春满人间”帐幔、一对“鸳鸯戏莲”枕套、一个“天女散花”门帘、一床“百子图”被面和一条“岁寒三友”的床沿；桂生见了母亲旧物，再也忍不住了，眼泪如同断了线的珍珠滚滚落下；常越山更是心痛难忍，憋了一会竟一口鲜血喷了出来；众人忙上前欲扶他回屋，常越山摆摆手道：“我没事。”

桂生给常越山和常二太太行礼毕，又转身给旁边坐着的四喜磕了个头道：“娘，我走了，阿爹就拜托你了。弟弟妹妹小，要你受累了。”田卫青也跟着给四喜磕了个头。

常越山拄着拐杖站在水围边看着桂生的轿子一路远去，再无踪影，脑子里一片空白。虽是正午，太阳边缘围着一圈圈的晕，看着有点眼花却并不刺眼，水围里残存的几株莲蓬，早都被顽童们撕裂，摘了莲心去了，空留下萎缩破损的外壳，在晚秋的风中瑟瑟发抖。

“四爷爷，回去吧。”马小军搀扶着常越山慢慢地走回常家大院。进屋常越山便躺下了，也不让别人进去，自己一个人躺在床上，望着帐顶；渐渐地，帐顶现出一株硕大的玉兰树，满树的玉兰花正在盛开，那花香沁人心脾，张小婉从花丛中摇摇曳曳地走了过来，盈盈一笑：“四哥！”……

外屋的四喜正生着闷气，凭什么人人都有个拜堂、有个红盖头，独自己什么都没有？凭什么是常二太太和常越山坐在正座上？凭什么……四喜越想越气，索性将常桂生穿过、用过的没带走的所有衣物一股脑都翻了出来，一张芦席卷了，抱到村口路边，一把火烧了个精光。

当地的习俗是：人死了，便将其衣物用芦席卷了拿到路口烧掉。

第十三回

油尽灯枯　常越山一命呜呼
故友重逢　田卫青奉命圆房

早已有人将四喜烧桂生衣物之事跑到常家告诉了二太太，常二太太气了个半死，马小军欲找四喜算账，二太太想了想摇摇头，摆摆手道："算了，随她去吧。举头三尺有神明，自有她报应的时候。"

本来四喜一时冲动烧了桂生的衣物回到家多少有点心虚，常越山就算是瘫在床上，四喜见了他也还是畏惧三分；因此回到家一声不敢吱，悄悄地做好饭，进了卧室，看常越山躺在床上，也不敢走近，只站在房门口道："喂，饭好了。是你下来吃还是我端给你？"等了一会儿，见常越山并不理会她，便自己带着两个小的先吃了。吃完哄孩子睡下，自己轻手轻脚溜进房，在常越山脚跟头和衣躺下，也不敢去惊动他。

第二天一早，四喜见常越山躺着没动，便自行起身到对面屋里去看看两个小的。桂生在时，桂生带着两个小的一起在西屋里住，早晨帮两个小的穿衣洗漱，四喜就做早饭。此时四喜见两个小的睡得正香，便在两个小脸蛋上各亲了一下，先到厨房做早饭。早饭做好，四喜进屋叫道："喂，饭好了。是你下来吃还是我端给你？"常越山依旧没反应。四喜扭身便打算出门，突然感觉有点儿不大对劲，便悄悄走到床前，凑近叫道，"喂，喂，你是醒着还是睡着呢？"见常越山还是没动静，四喜大着胆子走近一看，只见常越山脸色惨白，面带笑容，两眼紧闭；四喜上前推了一把道，"喂，你怎么不说话？"这一推才发现常越山身体僵硬，四喜吓得大叫一声，"啊！青天咧！"他转身便跑，一边往隔壁院里跑，一边大叫道："二太太，二太太。"

谁也不知道常越山死前到底看到了什么，一脸的幸福与满足。

常二太太不让通知桂生，说昨天出嫁，今天就回娘家奔丧，不妥。等下葬日再通知她回来见一面。众人觉得也只有这样了。

且说桂生坐着轿子，一路颠簸，快天黑了才到家，丛家张灯结彩，许多邻居都围在门口等着看新娘子呢。

桂生坐在轿子里，听外头叽叽喳喳地议论道：“哟，不是说才十三四岁吗？这个头倒不小，坐在轿子里看不见头呢。”看热闹的人们试图从轿窗先睹为快。

落轿后，喜娘打起轿帘，唱道：“新娘下轿，合家欢笑！”桂生顶着红盖头，扶着喜娘的手，一步跨下轿；周围立刻响起一片窃窃私语声：“哎哟，快看，快看。”

“新娘子怎么穿这个？”

“快看新娘子的鞋子。”

“是啊是啊，怎么穿了双蓝色的鞋子呀！”

喜娘这才注意到桂生脚上的鞋，悄悄责怪桂生道：“啊呀，大小姐呀，你怎么穿了双这个颜色的鞋子呀！”

田卫青的母亲田江氏本来也迎到门口，一眼看见桂生的鞋子，经不起周围人的七嘴八舌，脸上便挂不住了，扭头便进了屋。

原来四喜故意做了双蓝布鞋给桂生，诅咒她万事开头难。

总算有田阿贵镇着，婚礼顺利进行，行礼毕并无送入洞房这一环节，而是将桂生单独安置到一间厢房里。

喜娘将租来的礼服收走，桂生换上带来的随身居家所穿的日常衣服，也不敢脱衣服，和衣躺下，因为明天一早照规矩新媳妇该起来做早饭，她不能让人说自己有娘养、没娘教。这一夜，桂生并不敢睡实，一直望着窗外的天。天刚一露白，她便赶紧起身，开始忙活早饭。

早饭做好，桂生先盛了两碗，一碗给田阿贵，一碗给田江氏，田江氏却将自己的碗递给了田卫兰。如今的田卫兰和从前判若两人，不苟言笑，整天板着个脸，一副当家姑奶奶的样，一年四季都穿一身黑色的衣服，唯有脑后的髻边插着朵红绒花，看着倒也俊俏干练。只是桂生心内有点怯她，见了也是尽量躲着走。

婚礼当天的那双蓝布鞋是桂生心中永远的痛，于是她悄悄地观察邻居们做针线活，好在江南从来不缺心灵手巧的女人，周围有的是师傅，更何况有张小婉的基因在，再加上桂生除了聪明更是十二分地用心，很快便心有所获，于是便想牛刀小试一下，想了许久，决定帮卫青做双鞋。

自从嫁入田家，桂生与卫青俩人突然便不好意思讲话了，卫青每天除了上学，下学了便到米行帮忙，桂生平时也在米行帮忙，两人见面谁也不看谁，卫青从桂生的厢房前经过都低头加快脚步。桂生想帮他做双鞋却不知道脚的尺寸，转悠了好几天，终于有一天，桂生看着雨后院子里卫青留下的脚印，灵机一动，折了根小竹枝，乘人不备，量取了脚印的尺寸。

桂生做好鞋，在卫青经过门前时偷偷递给他，卫青拿着鞋，做贼一样逃出家门，藏在书包里，直到晚上睡觉前才敢取出来试穿了一下。

第二天，卫青穿着桂生做的鞋，走到桂生门前故意跺了跺脚，放慢脚步，引得桂生到窗前看视，卫青赶紧扔了个纸团到她门边，加快脚步出门去了。桂生四顾无人，悄悄捡起纸团，回屋一看，一大张纸上就两个字："正好。"

两年一眨眼便过去了，桂生嫁过来没多久田阿贵夫妇便带着两个大儿子回到淮阴老家，给两个儿子各自成了亲；本想仿着常家大院的样子也盖一座院子，却没有那样的财力，且也没有水围，更无祠堂，因此只好一并排盖了三套房屋，每套三间大屋，一间小屋当厨房，意思三个儿子一人一套，两个老的也盖了两间大屋，一间厨房，一间自住，好在门前有个大大的水塘，相传乃是神笔马良所画，故曰马郎湖，据说与里下河相通，故而竟是一潭活水，水质也甚是清澈。一家人临水而居，种着自家的田地，倒也自在。

因为惦记着老儿子田卫青与常桂生圆房之事，田阿贵于秋收后，带着全家人和各种粮食家禽等又回到了无锡。

这一年桂生十六岁，卫青十九岁，俩人看上去的确有个大人样了。一家人选了个吉日，1935年11月11日，农历十月十六，打算吃顿暖房酒正式给他二人圆房。

桂生也特意为自己做了双大红绣花鞋。

圆房当日，卫青白天照常去了学堂，放学回来带了两个客人回来，众人再没想到这两人竟是张得金、张得宝兄弟二人。原来他们母子随了韩伟业回到苏州老家，韩先生对他二人悉心教导，还托了故交，为二人在南京中央党部谋了个差事，他兄弟二人与晨光通讯社的记者孙凤鸣交好，谁知孙凤鸣乃是“铁血锄奸团”的成员，是年11月1日，孙凤鸣在南京国民党中央党部行刺汪精卫未果，张氏兄弟为避祸事，跑到省锡师（无锡师范学校），本来打算投奔孙凤鸣的一个旧相识，谁知此人因当局缉拿早已逃离省锡师；不想竟巧遇在此读书的田卫青，张氏兄弟只说自己是到省锡师来求学的，南京旧事只字未提。于是田卫青便告知自己与常桂生之事，并邀二人一同回家。

故人相见，自然高兴，张氏兄弟年已二十，长得颇有当年乃父之风，一副玉树临风、风流倜傥的模样。众人吃喝之间，叙起家常往事，不免唏嘘一番，田阿贵便留张氏兄弟住下，丛德生与韩伟业本是旧相识，且当年娶田卫兰也有韩伟业之功，一直未曾得报，故也十分挽留；常桂生更不必说了，张氏兄弟是她嫡亲的表兄弟，她更是求之不得，只是不便多言罢了。于是张氏兄弟便留在了丛家。自此卫青与桂生都有了伴，四人闲来便一处谈天说地，张氏兄弟也时常对卫青与桂生说起外面的时局变化，言谈之中，对黄埔六期的陈有光所组织的所谓“中华青年抗日锄奸团”甚是向往。

大约一个月后的一天凌晨，张得金、张得宝、田卫青三人给家里留了张字条便直奔上海而去，去投奔传说中的“中华青年抗日锄奸团”了。

第十四回

孤立无援　悲情聊寄衣冠冢
积德行善　桂生义领逃荒子

卫青等人走后，留下一家人伤心难过了好一阵子，日子还是得往前挪着过。

年后，田江氏发现桂生怀孕了，一家子又喜又悲。田阿贵惦记着老家的地，便急着要回家，桂生想卫青已走，自己一个人留在丛家也不是个事，倒不如跟着田阿贵他们去江北，于是全家眼泪汪汪地与田卫兰道别，临行前，田卫兰偷偷塞给父亲两根金条，嘱咐回家再置几十亩地。

田阿贵一家回到乡里，置地修房，安心度日。

不久桂生产下一名女婴，取名田思青。

一晃三年，田阿贵老两口相继去世，田卫青杳无音信，卫青的两个哥哥及嫂子见桂生独自带着个女儿占着偌大一座房子、一片田产，不免起了觊觎之心，言来语去之中便时常劝桂生要为今后做打算，桂生问他们的主意，皆答：愿将自己的儿子过继一个给桂生。桂生嘴上不答，心中气苦，却又无可奈何，便时常跑到村外自己给卫青立的衣冠冢上哭泣。

这一天，桂生带着女儿田思青在卫青的衣冠冢上哭到傍晚方回，一进村便看见一堆人围在村口的大槐树下叽叽喳喳，桂生抱着女儿正打算低头绕过，不想卫青的二嫂眼尖看见了她，招手叫她："桂生，桂生，快来，快来，快来看看。"桂生只好走过去道："二嫂，看什么呢？不回家做饭？"

"弄饭还早呢！"二嫂将桂生拖进人圈，"看会儿再走。"

原来是个外乡逃荒的男人，挑的担子里一头坐着一个男孩，那男人跪在地上，见又有新的站闲的人围上来，便又将前面说过的话重复一遍："哪位乡亲行行好吧，家里实在是过不下去了，求求你们哪位行行好，收留了我的孩子，给他们一条活路。我不要钱，只要给我点粮食就行，小麦、玉米都行，小的三岁，十斤，大的五岁，十五斤。"

那男人话音没落，站闲的便开始议论纷纷：

“真是饿昏头了，白送也没人要啊，还要粮食，这年头谁家有闲饭养外人啊！”

“就是。这俩孩子这么小，什么活儿也干不了，得吃多少粮食才能长大呀！”

“是啊，万一再有个三灾六病的，花钱不说，说不定还白忙活呢！白白浪费粮食呢！”

“……”

桂生留神细看那两个孩子，那小的瞪着两只眼睛骨碌碌地看人，那大的垂着眼帘一声不吭。

“小的五斤，大的八斤。”那男人听着众人的议论，心里着急，便自动又掉了价。过了一会儿看还是没人接茬，恨声道：“罢了。我饿死就饿死吧，我什么也不要了，只求有哪位好心人能救我孩子一命，给他们一条生路。”

桂生道：“你跟我回家拿粮食吧，不过我只能要一个。”

“多谢多谢！救命大恩人哪！”那男人赶紧给桂生磕了个头，“不知您要哪个呀？”

站闲的立刻七嘴八舌道：“啊呀！你们父子真是好命呀，遇上她了。”

“也只有她家能有这份口粮了。”

“啊呀，桂生啊，你要这个小的吧，看着机灵，那大的看着有点呆呢。”

“……”

桂生心想自己女儿也才三岁，怎能再领个三岁的呢？于是留下了那个大的，又装了十七八斤粮食给那男人，那男人千恩万谢地挑着担子带着小儿子走了。两个哥嫂都责怪桂生太傻，这年头浪费粮食养个不相干的外人。桂生道：“只当积德行善吧。”其实桂生心中另有一番算计，两房哥嫂都对自己的这份家产虎视眈眈，过继谁家的儿子都必然得罪另一家，而且无论过继谁，将来亲生的爹妈就在眼面前，这两房哥嫂的品性都不是省油的灯，烦恼必定少不了，不如领养个外乡人，自己将他养大，反而有感情，而且无牵无挂，干脆利索。更何况怎么说这也是救人一命的善事。桂生问了那孩子姓名，他说自己叫“大鸭子”，桂生也不知他到底是叫“大鸭子”还是叫“大押子”，又或者“大压子”，便随口给他按照田家族谱起了个名字叫田国安。

果然，自从桂生领养了这田国安，两房哥嫂再没人跟她念叨过继儿子的事了，倒是耳根清净了。

桂生到田里干活，那国安也能在地头帮忙看着思青，桂生做家务，国安便领着思青在门口玩耍，再不用桂生背着孩子干活了。日子虽然艰难，但一家三口倒也其乐融融。

忽然有天晚上，同乡的吴觉带着一男一女两个外乡人来敲桂生的门，桂生隔着门叫他们白天再来，后来听见有女人轻声细语地敲门，又想那吴觉组建了个什么“抗日义勇队”，不能是坏人，于是便开门让他们进屋，挑亮灯这才发现来人中居然有一个像是张家表哥，一问，果然是张得金。表兄妹二人喜出望外，吴觉与那外乡的女人也跟着高兴万分。

“这真是太好了！”吴觉道，“来来来，桂生，我给你们介绍一下。”吴觉拉过那位外乡女，“这位是薛晓白同志，是八路军第五纵队的特派员，上级特意安排她来我们乡领导抗日的。”随后，他又指着张得金道：“张得金同志是淮河大队的副大队长。我们计划要组建山东纵队陇海南进支队第八团，负责接应八路军第五纵队南下开辟淮海区的重大任务。桂生，我观察了很久了，你有文化，有正义感，还有主见，而且你一个妇女带两个小孩子单住，薛晓白同志住在你家最合适不过了。没想到张得金同志还是你的亲表哥呀，那就更好了。”

吴觉说的这一堆，桂生什么也没听进去，此刻，什么这个团、那个队的，都不是她感兴趣的，她只想赶紧好好地问问张得金，和他一起出走的田卫青呢？

第十五回

女中豪杰　常桂生不让须眉
招赘女婿　马小军当家做主

原来当年张得金、张得宝、田卫青三人到了上海，按照之前孙凤鸣说过的“一般联络方法”居然真就找到了陈有光的“中华青年抗日锄奸团”。陈有光正是用人之际，有同道中人前来投奔当然求之不得，于是安排三人跟着老团员刘镇南、裘积玉一起行动，先学习学习，1935年12月25日几个人奉命行刺交通部常务次长唐有壬，行动虽然成功，但刘镇南、裘积玉事后皆被上海法租界侦破逮捕，被上海法租界江苏上海第二特区地方法院判了死刑，抓捕期间陈有光安排参与此次行动的几个人分头隐蔽，躲避追捕，三人就此失散，张得金跑到江北参加了八路军，张得宝与田卫青便不知所踪了。

常桂生听了张得金的述说，不免又是一阵伤心难过，但也无非是第二天跑到田卫青的衣冠冢上哭一场拉倒，别无他法。

且说常桂生自从接触了这薛晓白，才知道这世上原来还有这样的女人；这薛晓白原是上海滩的富家千金，抛却万贯家财参加了八路军，不为别的，只为所谓的信仰。桂生看着只比自己大两岁的晓白，只见她皮肤黝黑，齐耳的短发，一说话便习惯性地打着各种手势，充满着自信与从容；桂生心内羡慕不已，凡事自然全听晓白的安排。很快便成了晓白的得力助手，还当上了村里的妇救会长，乡里有个什么会议安排，晓白走不开时便都是桂生前去参加。

打从1941年春天起，日军便开始频繁地扫荡，敌后工作越来越艰难，连小小的田思青都派上了用场，晓白时常让思青递送个字条消息等，五岁的思青从未出过错。桂生永远忘不了那一天，1943年3月17日，薛晓白接到通知，前往附近的刘老庄参加战斗，临行前，晓白做了桂生的入党介绍人，在桂生家的卧室里，俩人对着一本《共产党宣言》郑重地宣了誓，桂生正式加入了中国共产党。

刘老庄一战后再无薛晓白的消息，后来桂生听说18日刘老庄那场仗从清晨一直打到黄昏，参战的人无一生还，全都阵亡了。桂生悄悄地哭着给晓白烧了点纸，将她留下的东西也全都烧给了她。

桂生继续着晓白未完的事业，尽最大努力做些自己力所能及的工作，很快便又成为吴觉的得力助手。尤其是大会发言，连吴觉都自叹不如，桂生站在台上，无论台上台下坐着谁、坐多少人，从不慌乱，更难得的是从来不带发言稿，口若悬河、滔滔不绝。马郎湖一带的妇孺无不将桂生视为主心骨。

1945年8月15日，日本宣布无条件投降，苏北抗日队伍对敌占区发起了大反攻；9月攻克淮阴；10月华中局、新四军军部发起盐城战役；11月攻克盐城，宣告苏北敌占区全部解放。

年前，张得金代表军部对桂生等抗日积极分子进行了表彰，桂生胸戴大红花站在村口临时搭建的台子上激动不已。

正所谓兵败如山倒，日本军队撤退时，马郎湖一带有一小股没跟得上大部队落了单的日本兵，将行李堆在一起，让带来的女眷全都坐在行李上，士兵们围着行李和女眷坐成一圈，点燃行李，集体自焚，其状惨不忍睹。围观民众议论纷纷：“唉！作孽啊！不在家好好过日子，跑出来撞尸呢！”

“就是啊！欺负到家门口了，那我们也不能缩着脖子当王八吧？”

“这就叫善有善报，恶有恶报，不是不报，时候未到。”

“……”

后来人们在几垛大草堆里发现了藏着的六七个日本女人，这些女人在中国待了几年，也学了几句中国话，被发现后吓得缩成一团，瑟瑟发抖。桂生打算把她们送到乡里处置，但几个女人都怕被转手后遭遇更惨，皆愿意留在马郎湖。村里计议了一番，决定先统一关在村部，然后就着表彰大会人聚得齐，大会一结束便把她们分配给村里几个娶不上媳妇的光棍汉们；为了公平起见，决定将她们统统装进麻袋，不让看，挑着哪个算哪个。有挑到年轻漂亮的自然高兴，有挑到年老色衰的难免抱怨，挑了两个后，光棍们长了心眼，偷偷拿了把纳鞋底的锥子，对着麻袋戳一下，里面的女人吃痛自然会叫起来，光棍们便听声音分辨大致年纪。桂生听着可怜，气得训斥道：“不要拉倒，再胡来就别要了。”光棍们这才有所收敛，纷纷领了走人。

众人正闹哄哄地分配日本女人，有几个人揪着个外乡人叫道：“让让，让让，捉了个奸细。”

“胡说什么哪？鬼子都投降了，哪来的奸细？！”

“管他呢。他一个人在村口转悠，不是奸细是什么？让大队长和会长他们看看再说。”

桂生站在台上，看那被揪着的人蓬乱着头发，上身穿着寻常百姓的灰布棉袄，下身却着一条看似军服的卡其色裤子。有人一把揪住此人头发，向后一拽，此人便被拽得一下子仰起头，桂生看得真真切切，此人竟是自己早以为死了的田卫青。此时张得金坐在台上也已看清，失声惊道：“啊呀，卫青。这不是卫青吗？”说着跳下台子，一把抱住卫青道：“啊呀，卫青啊！你居然还活着！太好了！”众人这才知道原来此人是从小便离了家乡的田卫青。有人嚷道：“啊呀，桂生哪，快别傻站着了。赶紧回家去吧！”

桂生做梦一样，被众人拥着，和张得金、田卫青一起回了家，生火做饭，两个嫂子都过来帮忙，两个哥哥、吴觉和村里的几个抗日积极分子都留下一起吃饭，桌上自然聊起卫青这几年的行踪。

原来当年刺杀唐有壬后，卫青接到隐蔽的命令，为了不连累家人，无锡肯定是不能回的，于是便想先跑回老家躲一阵子，不想走到太仓遇到一伙下乡宣传抗日的上海大学的学生，便跟着这伙学生一起从太仓到昆山，然后又去了苏州，在苏州一伙人又被全部押送回了上海。一路上卫青结交了几个志同道合的朋友，回到上海便跟着他们几个一起活动，后来几个人一起跑到苏州加入了国军八十八师，淞沪会战后转战南京，南京会战八十八师几乎全军覆没，向江北撤退时，混乱中被卷入三十六师，便又随三十六师征战武汉，后移防重庆，又由重庆移防广西，参加了桂南会战；桂南会战中部队被打散，卫青便开了小差，一路打零工回到家乡。

众人听了，无不感慨卫青命大，这年头活着不易啊！张得金问卫青是否愿意跟他走，卫青几经辗转才回到家乡，当然不想再离开，于是众人聊了一会儿便各自散去。

第二天，桂生本想到村外去把那衣冠冢给扒了，卫青拦住道：“随它去吧，这年头，没准。”桂生也只好作罢。

桂生每天都有处理不完的琐事，连谁家的猪拱了谁家的地这样的事也来找她评理，卫青待了个把月便不耐烦了，出了正月便和桂生商议要去无锡看看田卫兰，顺便找点事做。桂生满心不愿意，但二人久别重逢，桂生也不忍拂他的心意，只好辞了吴觉、收拾了行李、将家中诸般事宜交代给了兄嫂随他前往无锡。村里老少皆依依不舍，但皆念着他夫妻二人重逢不易，谁也不好意思阻拦桂生，只得挥手道别。

卫青推了辆独轮车，车上坐着田思青和田国安并一些行李，一行四人，一路风尘，走了一个来月才走到雪堰桥附近，桂生牵挂娘家，便下道弯到雪堰桥。一进常家大院不禁大吃一惊，这常家大院里热闹非凡，人来人往，原先隔在祠堂边的院墙上开了一扇门，桂生愣在大门口好一会儿，没见着一个熟人，桂生拉住一个搬东西的年龄稍长的人问道："请问这是常家大院吗？"

"常家大院？"那人疑惑地打量着桂生，"从前是叫常家大院，你是？"

"你是福生哥吧？"桂生认出了对方，"我是桂生呀！"

"桂生？"福生仔细地打量了一番，"啊呀！真是呀！你真是大小姐呀！"福生赶紧放下手里的活，"你等着，我去帮你叫人去。"福生边说边往东边院里跑，一边跑一边大声叫道：“太太，太太，大小姐回来了！”常启霞应声出来问道：“什么？福生你说什么呀？大小姐不是好好地在家呢嘛！”

“我是说桂生，桂生大小姐回来了。”

“是吗？”常启霞三步并作两步来到大门口，一眼认出常桂生，“啊呀！大姑，真是你呀！你怎么回来了？！”桂生笑道：“怎么？你常住娘家，我就不能回来看看？”常启霞忙上前一把抱住桂生，笑道：“能，能，能，谁说你不能了？实在是没想到啊！”常启霞连忙打发人将桂生一行迎进东边院里，又让人快去喊马小军来。马小军来了与田卫青、常桂生见了礼，又让自家的几个孩子和国安与思青相见，且赶忙吩咐杀鸡宰鹅，准备饭食。

“我二娘呢？”桂生一坐下便问道。

常启霞给桂生和卫青倒了杯水，道：“大姑你先喝口水，容我慢慢地跟你说。二奶奶早没了，我爹三年前也没了。”常启霞顿了顿接着道，“连她也没了。”

桂生问：“谁呀？”

“四喜呗。”启霞道，“都没了七八年了。”

“为什么呀？”桂生惊道，“日本鬼子杀了？”

启霞摇摇头接着道："不是。上吊死的。"

"为什么呀？"桂生奇道。

启霞撇了撇嘴道："我四爷爷去世没多久，她就和长工老九搭上了。老九你还记得吧？"

桂生点头道："记得。教卫青他哥他们种地的嘛。"

"对，就是他。"启霞道，"四喜这个贱人，牛蹄子蹬不了朝云靴，蒜瓣子头她戴不了乌纱帽，放着现成的姨太太身份，偏就和个长工勾上了。估计她伺候我奶奶的时候就和老九有一腿。"

"所以你们就逼死她了？"桂生看着启霞冷冷地说道。

"没有。"启霞摇摇头，"好歹她也替我四爷爷生了一对儿女哪。是开始我们不知道，隔壁常老先生夫妻先后没了，因为我和小军伺候了他们一场，临了把一份家私送给了我俩，他们的老妈子和丫头也就跟了我们，我看那丫头年纪也不小了，正好老九也没成家，就把他俩撮合在了一起。老九闷声不响就应承了下来，老九可不傻，他和四喜哪会有什么结果呢？这就把个四喜晾一边了。四喜看见老九成亲了，疯了一样，还大闹了人家的洞房，闹完自己也没脸了，当天夜里便上吊死了。"

“唉！”桂生叹了口气，“这蠢女人。”

“哎呀，大姑你也不必可怜她，她烧你衣裳那会我二奶奶就说了：‘有她报应的时候’呢。”

桂生问：“桂联和桂英呢？”桂联、桂英是四喜的一对儿女。

“我这就让人喊去。都在酒坊里帮忙呢。”

“酒坊又开啦？”

“是啊。断断续续地开了六七年了。我阿爹教给马小军的，小军聪明，一学就会。就是日本人来了，开开停停的。”

“啊呀，这就不错了，真好！”桂生听说酒坊重开，十分高兴，“走。带我看看去。”

启霞领着桂生到西边的酒坊，见到了在酒坊里做事的桂联和桂英，俩人都已经成人了，一个十八、一个十七。

晚饭后，启霞安排桂生一行依旧住在原先的西院里，桂生自然高兴，随口便问桂联和桂英的住处，启霞有点犹豫，支吾了一下还是说了：如今启霞已有四个孩子，两男两女，两个儿子各有个老妈子带着，一个住西院，一个住原先常二太太的院子，常启霞、马小军夫妇带着两个女儿住在原先常老先生他们的院里，老九夫妻住在厨房隔壁原先马小军的住处，桂联住在大门口的更房处，夜里顺便照看一下酒坊，桂英住在西院的厢房里。祠堂做了堆放成品酒的仓库。

桂生一听这个安排，顿时只觉得满脸来火，强压住火指着启霞的几个孩子笑道：“我都忘了问他们几个的名字了。”

启霞笑道：“啊呀大姑，你年纪轻轻的怎么忘性这么大？我刚不是都跟你说了嘛，老大叫子轩，老二叫子廷，老三叫子楠，老四叫子萍。”

“大号。”桂生微微一笑，“我问大号。”

“连名带号叫的，大的就叫马子轩。”启霞突然感觉不对劲，不由得住了口，望着常桂生。

桂生冷笑道：“好一个马子轩、马子廷、马子楠、马子萍，这里也已经叫马家大院了吧？”

第十六回

世事难料　常家院改名换姓
归去来兮　常桂生主持公义

常启霞不禁一时语塞，马小军的笑容也不由得僵在脸上。

“你们的孩子姓什么我管不着。虽说当年马小军是事先说好的入赘常家。”桂生把脸一板，“但是有两件事，就算是走到天边，你们也是说不过去。”桂生指着桂联道，“怎么说桂联也是常家嫡系，他怎么就住到更房去了？第二件就是常家的祠堂怎么就成了马家的库房了。这里头有什么因果，你俩倒是跟我说说清楚，免得我冤枉了好人。”

马小军夫妇哪有什么能摆得上台面的理由，不过就是欺桂联兄妹年幼无依无靠，常启霞自己也是孤女一人，唯马小军之命是从罢了。至于那祠堂做了仓库，村里倒是也有十几户同宗，但一来如今活着已属不易，二来大伙还都想在马小军这儿找点营生，所以谁还管那祠堂派什么用场呢？！因此马小军夫妻二人哑口无言。

桂生见马小军夫妇皆低头不语，便接着道："常老先生家那院子既然是送与你们的，理所应当你们住着，二娘的院子论理该由桂联得，若启东还在也该有他一份，但这个家里早没这个人了，权且给你启霞一份，不过若你启霞有份，那我和桂英就也该有一份，但这些年多承你夫妻二人照看桂联和桂英，二娘的院子我们就不要了，算是答谢吧。"马小军夫妇对视了一眼，面色有所缓和，桂生看在眼里，不动声色，接着道："酒坊我不用说，你们心里也该明白谁有份，但是我想小军也是一心想把这酒坊做好，还是由他做的好，只是一条，从今往后，你们得照着外头雇工的样给她兄妹二人工钱，酒坊从此归你们一家所有。"

马小军再没想到常桂生会放弃酒坊的所有权，本来心里正盘算怎么诉苦说全靠自己一手经营如何不易呢，一听桂生之言，喜出望外，赶忙连连点头道："吃喝以外，我再按份给他俩工钱，外加一年四季四套衣裳如何？"

桂生点点头道："那就最好了，我就代他们谢谢你马东家了。”

马小军红着脸道：“唉！大姑，你就别损我了。”

“我的话还没完。”桂生道，“祠堂必须腾出来。这一条不答应其他的都免谈，我们就丁是丁，卯是卯地一桩桩细算。”

“行行行。”马小军一迭声答应道，“明天一早上工我就让人挪库。”

桂生接着道：“不过呢，我想桂联和桂英总在你们的酒坊帮忙终归不是长久之计，还是得种点地，农闲时可以去酒坊帮个忙。地嘛，我也替他们想好了，就西院西边这块空地吧，本来这块地也是归我们四房的。”

“啊呀，那不行啊！”马小军急了。

桂生问：“怎么呢？”

马小军紫涨着脸道：“进料、出酒什么的都得从那儿过呢！大姑，你若让他们种上庄稼可怎么弄啊？”

“可以从后头的堤坝上走啊！”

“啊呀，大姑啊，后头那堤坝从来就没用过，哪能走大车啊？再说进料什么的也不方便哪。”

桂生坐着，端起茶杯慢慢地呷着水，既不言语，也不看谁。

马小军憋了一会儿道："这么着吧，大姑你看行不行？我拿东边的熟地换西边这块地，怎么样？"

"不怎么样。"桂生淡淡道，"我们住西边，跑你东头种地去？我们也不方便哪。"

马小军一时无语，常启霞更是没了主张，张了张嘴，却又不知道说什么好，只好叹口气，闷头坐着。

桂生道："既然你们都没意见，那明天桂联和桂英就不去酒坊干活了，跟我一块开荒去。"

马小军急道："啊呀，大姑呀，你不能这么干哪！"

"那我该怎么干？你教教我。"

马小军低头想了想，恨声道："唉！这么着吧。我拿我现在住的院子跟你换你这西院，这总行了吧？"

桂生冷笑道："哎哟！马小军，便宜都让你一个人占了，你还委屈上了？！"

"我也不是那个意思，反正这么一来，大姑你也不吃亏。"

"马小军，这话我可不爱听。我常桂生站得直、行得正，嫁出门的姑娘，泼出门的水，绝对不会回来贪恋娘家一砖一瓦、一针一线。你要不愿意我也不勉强。"

马小军忙赔笑道："知道大姑你是女中豪杰，胳膊肘上能跑马。我自己心甘情愿的，行了吧？”

“自然要你自己心甘情愿才行。”桂生一笑道，“你既这么仁义，桂联他们闲时到你酒坊帮个忙也是应当应分的，也不必说什么工钱了，那四季的衣裳你也不必替他们做了。他俩两个大活人，有房有地，连一身衣裳也忙不出，也别活了。你放心，我绝不能叫你吃亏，大门前这片田你们没卖吧？”

“当然没卖，都是我们的。”马小军忙道。

“你知道是‘我们’的就好。”桂生故意加重了“我们”二字，“门前的地都归你。”

“那怎么好意思？”马小军嗫嚅道，“桂联也有份的。”

“那是自然。”桂生道，“这地我也不白给你，你把祠堂后边那一小块地都给桂联吧，原先我阿爹种烟叶子的，我刚看了，如今草比人还高，都荒着呢。再一条，东边全是菜地，你得给桂联他们种粮的种子，他们的粮没收下来前不能让他们饿着。”

“那是那是。”马小军竖起大拇指道，“大姑，我服了你了。全按你说的办。”

“那好吧，天也不早了，你们也早点歇着吧，有话明天再说吧。”

马小军夫妇走后，留下桂联和桂英，对桂生佩服得五体投地。桂生让他二人将行李皆收拾了，桂英和思青睡西屋，桂联和国安睡厢房，桂生自己和卫青睡东屋。

是夜，卫青责怪道：“你呀，一回来就做仇人。”

“我不能看着他们把我兄弟姐妹踩在脚底下吧？！”

“随你的便吧。我打算明天就去无锡，也不知道我姐他们怎么样了？”

“我就不跟你一起去了，我得在家住一阵子再走。不然我不放心。”

“也好。要不我先进城看看，等安置好了再来接你们。”

第二天卫青便一个人往无锡去了，桂生带了桂联桂英帮着马小军和常启霞搬好家，桂生便带着思青住进了东大院紧西边的房间，国安住在桂生对面屋，隔壁住着桂英，紧东边的房间桂联住了。

桂生房前屋后转了一圈，对桂联兄妹道：“这一圈全是菜地，不行啊，得种点粮食。”桂联兄妹异口同声道：“行。大姐，你说种什么就种什么。”桂生又道：“原来爹种烟叶子的地我意思还种烟叶子，这样你们手上也能换几个活钱。”

姐弟三人说干就干，第二天便从常启霞那边借了农具开始收拾祠堂后的荒地。

这天，姐弟三人正在地里忙乎着，忽见常启霞跌跌撞撞地跑过来，一边跑一边压低嗓门嚷道：“大姑，大姑，快，快，你快看看去，启东，启东回来了。”

“谁？”桂生不敢相信自己的耳朵，“你说谁回来了？”

“启东——启东回来了。”

第十七回

抗日英雄　常启东衣锦还乡
爱国青年　田卫青历劫桃花

桂生一边跟着启霞往外走，一边问：“这么多年不见，你怎么就能确定是启东？”

“啊呀，错不了。大姑。启东左耳下有颗大黑痣，你还记得吧？”

桂生摇摇头，常启东跟土匪走的时候她实在太小了，确实是记不清了。但比她大四岁的常启霞却对往事记忆犹新。俩人急急赶到西院，只见正厅八仙桌旁的太师椅上大剌剌地坐着个男人，穿一身国民党少校军服，跷着二郎腿，还怡然自得地不停抖动着；那马小军虽也是行伍出身，但从当兵第一天起就因生得清秀被领导一眼相中，提了去做勤务兵，以后几年虽说换了几茬上级，但始终就是个勤务兵，所以见了穿官服的心中天生便有几分惧怕；此刻微低着头站在门边，正不知如何搭话，忽见启霞带了桂生匆匆赶来，便如得了救星一般，赶紧叫道：“啊呀，大姑来啦！”

桂生点点头，一步跨进屋，启霞则站到马小军身边。

常启东微微直起身，与桂生二人互相打量了一番，常启东坐起身笑道：“没错，的确是你呀，大姑。虽说女大十八变，不过还能看出小时候的模样来。”

常桂生冷冷一笑道：“你既叫我一声大姑，怎么我站着，你倒大模大样地坐着？”

常启东愣了一下，笑道：“你说得对。好好好，大姑你人小骨头重。”说着站起身，“来来来，大姑，你老人家请坐，我站着。”

常桂生微微一笑，也不谦让，走过去便在太师椅上坐下。这才看着常启东道：“这都多少年了？常少校，不对，请问您如今姓什么呀？”

“哎哟？大姑你还蛮识货的嘛！”常启东哈哈笑道，“大姑你臊我呢！当然姓常啦！”

“那就好，不知常少校有何贵干哪？”

“大姑你就别跟我酸文假醋的了。”常启东拍拍腰间别着的枪，又掸了掸身上的军服，笑道，“你就说我这算不算衣锦还乡？算不算光宗耀祖吧？”常启东说着转身看了看常启霞夫妇，不无得意地说道，“我如今是国民党第三方面军少校营长，专门负责首都卫戍司令部无锡指挥部的保卫工作。我的委任状是汤司令亲自签发的，以表彰我和弟兄们在抗日战场上作战英勇。”

桂生听他说因为抗日受了表彰，心里便有了几分好感，语气、脸色也就都缓和了下来：“那你这次回来主要是想做啥呢？”

常启东微微叹了口气道：“不瞒你们说，我如今时常想起从前，所以特意回来想祭个祖，给我爷爷奶奶、我爹、我妈，还有其他几个爷爷奶奶磕个头，上炷香。”

听到这儿，启霞也不禁想起往事，忍不住落下泪来。桂生道：“嗨，这是好事。都该高兴才是。”说着自己的眼眶也红了。马小军则暗自庆幸：亏得前些日子把祠堂给腾出来了。

自此，常启东时不时地便会回来看看，倒是也保得马小军他们的酒坊经营比从前太平了许多。要说那马小军确实是居家过日子的一把好手，没过多久便将原先水围东边常家的地又给买了回来。不过就算买回来，那也只能算是人家马家的田产了。

桂生自是带着弟弟妹妹每日收拾田地，不知不觉便已近端午节了，家家户户都开始忙着打粽叶子，桂生的身子日益沉重起来，心内不由得盼望卫青早日归来。端午前两天的半夜，卫青终于推着小车回来了，带回几块布料和几盒点心、糖果等物，也没惊动旁人，从东门悄悄进了院。

桂生问了田卫兰和丛德生这些年的情况，卫青答基本上还是老样子，米行依旧开着，丛德生还干着老本行，既没升也没降，用他自己的话说就是“夹着尾巴做人，提着脑袋做事，闷着头装孙子，有一日混一日”。卫青又说帮思青和国安都联系好了学堂，打算送他们两个都到城里上学去，桂生自然愿意，两人议定节后便动身去无锡城。

第二天，喊了启霞一家和桂联兄妹一起分了卫青带回来的东西，合家欢喜。晚饭是桂生张罗的饭菜，启霞一家也都过来聚在一起，吃完洗刷完才各自回屋歇息。

桂生又把卫青带回来的布拿出来灯下看了看道：“这块烟灰色的给你做件长衫吧。”

“行，随你的便。”卫青笑道，“如今城里都时兴高领长衫呢。”

“什么叫高领长衫？”

“就是领口处有三排扣。”卫青边说边比画给桂生看。

“那有什么了不得的。”桂生笑道，“我也帮你做件高领的。”

“你会？”

“会不会的做出来不就知道了。”

“好啊，那我就等着看了。”卫青笑道，“睡吧！”

“你起来，先别睡，我给你量个尺寸。”

“明天再量吧。”

“起来起来，我给你量了你再睡，我好做一会儿。争取让你端阳穿上新衣裳。”

“我又不是小孩子，还要端阳穿新衣？什么时候不行？”

“快别废话了。”

卫青只好爬起来让桂生量了尺寸。

桂生一夜没睡，听得雄鸡打鸣声才发觉天已透白。卫青一觉睡醒，见桂生才把油灯吹灭，不禁责怪道：“哎呀，你总是不听人劝，你大着个肚子坐一夜，真是要人命呢！”桂生笑道：“嘘什么呀？哪那么娇气呀？！”边说边拿手托着腰站起身，摇晃了几下，舒了舒筋骨，对卫青招招手道，“来。试试看。”卫青过来把长衫一套，除了领口的几处扁担扣外全都纽上，处处服帖，不禁笑道：“正好。”一听这“正好”二字，两人不约而同都想起当初那双鞋了，桂生不由得脸上飞起一抹红霞，随手拿起桌上的一面镜子打岔，将镜子举到卫青面前道：“看看，怎么样？好看吗？”卫青将领口处的三排扣全都扣上，自己也觉得这高领着实显得精神，再一看镜子后面桂生一脸的倦容，不禁一阵心疼，赶紧将镜子拿过来放到桌上，将桂生扶到床沿边坐下，柔声道：“你快好好歇会儿，我给你做早饭去。”

桂生也确实是腰酸背痛了，便依言躺下，卫青脱了新衣去做好早饭，特意盛了端到床边；桂生打了个盹也就醒了，下了床，坐在桌旁将一碗粥喝了，精神了许多，笑道：“把那新衣穿上吧，今天你什么也不用干，就做客吧。”

“留着进城再穿吧。”卫青笑道。

“那你再穿上，我好好看看。”

卫青不忍拂她兴致，便又将新衣穿上，桂生上下打量了卫青一番，甚是满意。卫青看着美滋滋的桂生，欲言又止，桂生道：“你有事？”

“嗯。”卫青吞吞吐吐道，“你且坐下，我是有个事要和你商量。”

桂生坐下，疑虑地看着卫青。那卫青从小便有些畏惧桂生，这几年出生入死渐渐地早已不知道什么叫害怕了，但此刻因为心虚，故而把那儿时的怯意不由自主地便又泛了上来。见桂生直视着自己，他低下头想了想，狠狠心道：“我这回去无锡的路上遇到逃荒的母女俩，孩子才七岁，是个女孩，叫童女。”瞄了一眼桂生，硬着头皮接着道，“她跟你同年，男人估计是死了。兵荒马乱的，也实在是可怜。”见桂生没作声，他顿了顿又道：“做大做小，由你挑。”桂生闻言猛地竖起眼睛，瞪着卫青。卫青垂下眼皮嗫嚅道：“我本来不让她跟来的，她怕我一去不复返，非要跟着来，狗皮膏药似的，我实在甩不脱了。”

“跟来了？人呢？”

“就在河对岸那房子里呢。”原来卫青已将那母女二人趁夜安排在了水围东边原先季节短工的房子里了。桂生气得浑身哆嗦，也不说话，起身到厨房端了个火盆进来就开始点火。卫青道："这天，你点什么火盆呀?！"

"你不是被狗皮膏药给粘上了吗？我点盆火帮你揭膏药。"

卫青一听这话知道是不愿意的意思，一时间也不知道该如何接茬，只好起身拂袖而去，不知不觉便过了奈何桥，走到那母女的栖身之所；田里有早起干活的人便和卫青打招呼，奇怪他这一早跑到田头来做什么。正所谓"好事不出门，坏事行千里"，卫青带了个小娘子回来的消息立刻不胫而走，还没到午饭时，全村的男女老少几乎都到那排一向无人问津的房子前绕了一圈，还给那女人起了个官名"小新娘子"。

桂生憋着一口气，日渐憔悴，卫青也不好提去无锡的事，本来那"小新娘子"母女不过是在季节工的屋里临时歇个脚而已，但这一时半会儿走不了，卫青只好跟马小军借了梯子，打算把屋顶修一修，马小军夫妇见桂生并未发作，所以对此事也就装聋作哑，如今见卫青来借梯子修房，马小军只好叫了两个工人过去帮忙，自己并不敢沾边。卫青白天也从不轻易过去，只是晚上有时过去待会儿，也不敢过夜。

桂生一句话也不与卫青搭茬，就这么僵了有一个多月，那“小新娘子”的女儿童女，那不过是个七八岁的小娃娃，哪里能在屋里关得住？常在水围边上玩，很快便和思青熟络起来。卫青看在眼里，喜在心里，偶尔便会偷偷带着思青一起过桥去，去多了，有时思青自己也会过去找童女玩。

这天卫青从集上买了些肉回来，放在厨房，桂联桂英正高兴地商量这肉怎么吃呢，就见思青端着一碗红烧肉回来了，说是童女妈给的；桂生的火“噌”的一下就上来了，一把抄起碗冲到水围边，隔着水围就将碗朝着对面砸过去，力道不足，“扑通”一声一碗红烧肉掉到水里，水面上立刻泛起了一大片油花，阳光下闪烁着五彩的光；桂生只觉得那油花渐渐晕成一张笑脸，笑她的无能，笑她的无奈……她不禁有些头晕眼花，晃了两晃便软倒了。

第十八回

路见不平　常启东拔刀相助
郁结在胸　常桂生不幸小产

桂联和桂英看见桂生怒气冲冲地端着一碗红烧肉直奔东门，吓得赶紧跟在后头，这会儿一见桂生软倒在地，俩人急忙将她连扶带抱弄回家，那思青也吓得躲在门边一声不敢吱。到了晚间，卫青回来，桂联兄妹一个字也没敢提，且早已关照好思青千万不要再对她爹说起此事；只说桂生有点不舒服，先睡下了。卫青倒也并未有什么疑心，反正桂生对他不理不睬也有一阵子了。

第二天，马小军约了卫青一起进城送酒，卫青正闷得难受呢，立马便答应了，二人套了车便进城去了。他们前脚走，常启东后脚便到了，一见桂生的模样，大吃一惊："哎呀！大姑，就这么两个月没见，你怎么瘦成这样？脸色这么难看，是病了吗？"

昨天桂生的"扔碗事件"早有田里做活的人瞧

见，所以今日一早便有那一帮村妇假借探望之名过来凑热闹，此刻一听常启东发问，不待桂生回答便七嘴八舌道：

“啊哟！你大姑可是受了委屈了这回。”

“可不是吗？你看这脸色，都是有气憋在心里散不出来，你看看，蜡黄蜡黄啊！”

“是啊，常营长，你可得给你大姑做主啊！”

“……”

“都他妈的吵死了。”常启东挥挥手，“行了行了，一个一个地说。”

几个女人你一言我一语地把卫青与“小新娘子”之事抖落了一通，桂生想拦都拦不住。

常启东听完哪里按得住火，掏出手枪便出了院门，一帮女人全都吓坏了，赶紧跟着跑出去，桂生也吓得从床上连滚带爬地下来，追了出去。

几个女人跟在常启东后面叽叽喳喳地叫道：“常营长，啊呀，常营长，你可不能杀人哪！”

常启东大步流星地来到水围边，朝着对岸嚷道：“谁他妈的活得不耐烦了？敢给我大姑气受？先他妈的问问老子手里这把枪。”说完朝着对岸的天上“啪啪”

放了两枪，对跟来的桂生大声嚷道：“大姑，再有人敢惹你不高兴，就让人捎个信给我，老子他妈的下回可就不是朝天上放枪了。”说完饭也不吃、水也不喝，气呼呼地便骑着马走了。

当天夜里，那“小新娘子”便收拾了行李，天还没亮就带着女儿悄悄地跑了，不知所踪。等卫青和马小军回来已是三天后了，一进村便有好事者长长短短学了舌，卫青将信将疑，回到童女母女安生处一看，果然人去屋空；早又有人将这一切报告给了桂生，等桂生迎出东门，恰看见卫青从对岸的屋里出来；卫青隔岸看着桂生，不禁又羞又愤，家也不回，掉头就往无锡城去了。

桂生站在水围边，张了张嘴，却喊不出声，眼睁睁看着卫青越走越远，心下又急又恼，只觉得腹中一阵绞痛，一股热流顺着两腿汩汩而下；后面站着闻讯而来的启霞和桂英都看见了桂生脚下瞬间汇集了一大摊血，两人不禁都吓了一大跳，全都冲了上前，一人一边扶住晃晃悠悠的桂生，启霞惊道：“哎呀！大姑，你这是见红了呀！”

几个站闲的也都忙跑过来帮忙，众人七手八脚地把桂生抬到床上，马小军请来的村医一见桂生的情形，根本不敢伸手，直让往城里送，赶紧找洋大夫诊治。马小军慌忙重又套上马车，拿几床棉被厚厚地垫着，将桂生抬上车，桂联桂英皆跟了一起去，留下启霞看家带孩子。

马车一路狂奔，进城找了西医，总算捡回一条命，但孩子是没了。

在医院里住了两天，桂生心疼钱，着急要出院，马小军等人皆不答应；不得已桂生只得让马小军去丛家找田卫青，马小军笑道："的确该找他去。只是大姑你不发话，我们也不敢提这茬呀。"

谁知田卫青并不在田卫兰家，田卫兰说他自从上回走了再没回来过，自己也正奇怪本来说好节后就送孩子来上学堂的，为什么一直没消息呢。马小军便把那童女母女的事大致说了一遍，田卫兰听了也是满口责怪是卫青的不是，又说卫青上回来并不曾提过那母女的事，估计是在外头租房住的，因此猜想卫青会不会去那租住的地方找那母女了？卫兰道："他若果真在外头租了房子，必定要么离我家不远，要么离米行不远，不急，总能找到他。如今要紧的是先把桂生接回家来再说。"

马小军领着田卫兰到了医院将常桂生接到丛家，过了两天，马小军便和常桂联回雪堰桥了，留下桂英照顾桂生，田卫兰让桂联回去把两个孩子送来，免得桂生牵挂，不几日，桂联便送了国安和思青过来。又过了数日，桂生便不肯在床上躺着了，强撑着起来收拾院子，卫兰劝她别着急：“我是没生过孩子，不过人都说你这样的比足月生一个还伤人呢！你可千万别逞强，落下病遭一辈子罪呢。”可是谁又能劝得住常桂生呢？！只好由她去了。

卫兰悄悄地让丛德生寻访田卫青，找了一阵子皆无果，丛德生道：“他肯定是没进无锡城，就这么巴掌大的无锡城，他只要是在这城里，不可能连我都找不到。”卫兰听了也是无计可施。

见桂生慢慢地复了原，桂英便想回家去，桂生也不愿意她在丛家久居，便同意她回去，只不放心让她一人走，想让丛德生派个人送她回去，同卫兰一说，卫兰却道：“叫我说，桂英你就别回乡下了。你一个女孩子，浮萍一样，漂到哪儿不是家？你长得又不丑，不如叫你姐夫看看他们警局里有没有合适的，就嫁在城里好了，将来和你姐姐互相还有个照应。”桂英和桂生听了这话都不免有些动心，殊不知桂英在米行里帮忙，被丛德生警局新来的副局长相中，这副局长上头是有人的，在警局不过是个过渡，升迁是迟早的事；从德生想要巴结他正愁着烧香摸不着庙门，恰好他自己主动提起此事，从德生不由得喜出望外，赶紧回家和卫兰说了，让她快和常家姐妹说说；别的尚好，只一条，那副局长老家是有正室的，桂英只好做个妾室。卫兰对桂生还是比较了解的，一听这一条，料想此事十之八九成不了，可又怕坏了从德生的前程，夫妻二人只得商议且先将常氏姐妹留下，慢慢想办法。

桂生姐妹哪里知道这些原委，只当田卫兰夫妇一心为自己好，于是便安心留下。但那桂生是个闲不住的人，心里又十分不愿意在米行帮忙，总觉得寄人篱下，思来想去，终于想到了一个办法，于是便找田卫兰商量。

“大姐，你看我带着两个孩子还外加个妹妹在你这儿，就这么着也不是个长久之计，我必须得自己养活他们才行啊。”

“这兵荒马乱的，看把你能的！”卫兰道，“你们在米行帮忙一来我也省心，二来也少用伙计，也不算吃闲饭哪。”

“大姐，你照顾我们那是你有情义，我闲来给你帮忙那是我应尽的情分，但若是我们从此便是东家和伙计那我就走了，你也不必用我们这样的伙计，骂不得打不得的，何必呢？”

“那你什么意思呢？”

“我意思嘛，桂英在米行做做是可以的，毕竟她早晚要嫁出门，我呢，我还想送两个孩子去学堂。”卫兰听她说孩子的事，正要接口，却被桂生拦住，“大姐你不用说，你和姐夫的好意我都心领了。日子还长，本来亲戚远来香，我若带着孩子吃喝全都滚在丛家，早早晚晚都要臭掉。”不容卫兰辩解，桂生又道，“当然，我还有不少地方需要大姐你和姐夫帮我一把呢。”

卫兰听她这口气是已有打算了，便道：“你且说说看，只要我能帮得上忙。”

“大姐，我想在你这米行边上放个裁缝铺板，替人做衣裳。”

卫兰想了想道：“这个恐怕不行啊，你那裁缝铺板有数的那么一大块呢，往哪里安放呢？”

桂生料到这个想法肯定会被拒绝，于是故意低头想了一会儿才说道：“实在不行就摆个鞋摊，替人做鞋，你看怎样？”

卫兰想了一下，觉得一个鞋摊的确是占不了多大地方，实在也不好意思拒绝。

于是桂生的鞋摊便开张了，不过是两个小板凳，一个小木盒里盛着些针头线脑和几只木制的鞋楦头，桂生又找了块小木板，自己在上面写了个大大的“鞋”字，靠在身后排成一摞的米行门板上，自己坐在小板凳上等生意。可是这年月哪有几个人做新鞋呢？倒是有不少人过来问修不修鞋，于是桂生又设法搞了个修鞋的铁拐，总算把这买卖给干了起来。

这一日，几个当兵的经过门口，看到鞋摊后，其中一个道：“哎，你们等我一下，我去把今天新发的靴子打个掌。”说话间已走到桂生的鞋摊前，“喂，打个鞋掌多少钱？”桂生正低着头做活，闻言瞄了一眼伸到跟前的军靴，答道：“是光打后掌？还是前后都打上？”

“前后都打上。”来人一屁股坐到桂生对面的小板凳上，脱下靴子递给桂生。

桂生伸手接过靴子，一抬头，两人都大吃一惊，却原来是常启东。

第十九回

姑侄相遇　常桂生生意兴隆
兄妹重逢　常桂英思嫁成功

常启东惊道："啊呀大姑？你怎么会在这儿？"

"这是我大姑姐家开的米行。"桂生三言两语大致说了下自己流产了，卫兰夫妻帮忙，卫青失踪至今杳无音信，只字未提"小新娘子"之事。

常启东道："这事你交给我好了，大姑，只要他在无锡城，我就肯定能把他找出来。"又道，"嗨，大姑，这活儿你也别干了，这满无锡城哪有女人干这个活的？"说着从口袋里摸出个皮夹子，"我今天身上没带什么钱。"桂生不待他说完，一把按住他掏钱的手道："不要。启东你赶紧收起来，我是不可能要你的钱的，也不可能要任何人的钱，你要是硬来我就回乡下去。"启东为难道："那你说大姑，我总不能袖手旁观吧？"

"这样吧。"桂生道，"你让你的兄弟们今后修鞋什么的都来找我，就是帮我大忙了。”

“我们的鞋都是上头发的，哪有要修的？”常启东话音刚落，和他一起来的几个人都是些识趣的，立马就有人接过话茬道：“有啊。怎么没有？”而且马上就在自己的鞋上找了个毛病，让桂生给现修一下。

从德生每天下了班，只要时间尚早就都到米行看一眼，今天老远就看见米行门口拥着一堆当兵的，吓了一大跳，三步两步跑到跟前，一问，才知道堂堂卫戍司令部无锡指挥部的少校营长居然是常桂生的侄儿，不禁又惊又喜；连忙让关了店门，叫桂生今天有活儿先别做了，赶紧回家，必要邀常启东一行一同回家吃饭。常启东见他情盛，又是市警察局长，自然也乐意相交，于是一伙人热火朝天地回了从家。当晚觥筹交错，常启东一伙尽兴方归。

第二天从德生到了警局，自然是大吹了一通，那副局长听了，悄悄地把那想纳桂英做妾的心也就死了。

桂生姐妹对这一切浑然不觉。

到底后来从德生还是把卫青负气离家之事告诉了常启东，常启东大怒，誓要将无锡城掘地三尺也要挖出那对“奸夫淫妇”；但就算是常启东和从德生二人联手也没能找到田卫青。

原来田卫青那天根本就没进无锡城，半路遇上国民党抓壮丁的，直接就被送上前线了。第一仗下来，他就成了共产党的俘虏，便索性投了解放军，跟着部队，兜兜转转，一路打到东北，喋血四平，后被编入林彪的四野，从东北一路上势如破竹连狗皮帽子都没来得及脱掉就直接打到了海南。常启东等人怎么可能找得到他呢?！

既然连常启东也找不到田卫青，反正他失踪也不是头一回了，常桂生这一次倒并不十分着急，他失踪他的，我自过自己的日子，时候到了，自然就回来了。本来丛德生一向并不过问桂生的小生意，如今常启东时常来照看她这小鞋摊，丛德生怎肯落后？这一个卫戍指挥部、一个警察局倒是把桂生的小摊子给挑起来了，天天忙得不亦乐乎的。

桂生手上很快便积了几个闲钱，便想去趟上海进些鞋楦，于是和桂英商量了一下，两人将国安和思青托付给卫兰便坐了火车前往上海。

二人头一回到大上海，彻底地眼花缭乱了，看哪里都新奇，不免处处都要卖会儿呆；这一卖呆可就惹了事了，桂英一不小心就被一辆小汽车给蹭了一下，跌倒在地。车上先有两个人吆五喝六地下来察看，见桂英腿上虽流血，但看样子是没伤到筋骨，应该是没什么大事，便骂了几句打算扬长而去；桂生哪里肯放他们走，一把扯住其中一人道："你们撞伤了人，一句赔礼的话没有，反倒骂人，天下哪有这样的道理？今天你们要是不把我妹子送医院去检查检查我是死也不会放你们走的。"

围观群众也纷纷抱不平："就是，把人撞伤了还骂人。"

"必须叫他赔钱。"

"送医院，送医院检查去。"

"……"

那俩人被众人七嘴八舌说得满头冒汗，一把从腰里拔出枪来打算耍横；车门猛然开了，车上下来一个西服革履、头戴礼帽的男人，围观的人一下子静了下来。桂生才不管他是哪路神仙呢，看也不看，只是牢牢扯住其中一人的衣服不撒手。

那男人走到桂生跟前，仔细地端详了她一番，叫道："桂生？你不是桂生吗？"

桂生闻言大吃一惊，这才拿眼看那男人，此人竟然是张得宝。

“二表哥？怎么会是你呀？”桂生惊道。

“上车，先上车。”张得宝打开后车门，“来来来，先上车。后头稍微挤挤。”

张得宝先送桂英去医院，不过是些皮外伤，抹了点药水，又配了些口服的消炎药；这才载着桂生姐妹回到了自己下榻的酒店，帮她们姐妹也开了个房间，让她们洗漱干净了到楼下西餐厅找他，他已订了座。吃饭的时候，张得宝才不慌不忙地将自己这些年的经历轻描淡写地说了几句，大致就是他入了“一贯道”，如今已是青木堂的堂主，平时在南京，这次是到上海来开个会的，不想居然巧遇了桂生姐妹，说着也不禁感慨：真是天意啊！

桂生姐妹像做梦一样，好好地开了一把洋荤。晚上姐妹二人躺在床上，聊了几句桂生便睡了，桂英却是辗转反侧，难以入梦，那张得宝的音容笑貌挥之不去。熬不到天亮便把桂生喊醒，支支吾吾说了心思，桂生犹豫道：“我记得他比我大四岁呢，好像是和启霞同年的，不知道这些年他成家了没有？昨天光听他吹了，忘了问这事了。”

桂英红着脸道：“就是做小我也愿意。”

桂生瞪眼道：“你疯啦？！”

“反正就是他了。”桂英也豁出去了。

桂生见妹子噘着嘴一副生死不惧的样子，忍不住笑道：“唉！真是大刀常四的女儿。”桂英见姐姐有了笑容，越发撒个娇，求桂生成全。

桂生答应了桂英，却不知该如何开口，恰早饭时张得宝叫她们买了鞋楦别急着走，索性等他一天，等他开完会搭他的车一起走，送她们回家，省得她俩再去挤火车了。这要是放在平时，桂生是绝对不会同意的，但一想到桂英的事便只得答应了。可是一路之上，车上还有外人在，桂生也找不到机会说这事，只是问明了一条：张得宝尚未娶妻。那桂英听了喜得一路上偷笑不已。桂生心里纳闷，张得宝混得这么好，怎么会没成家呢？又不好细问，但估计是真的，应该不会骗自己。她不知道这张得宝可谓是得了乃父真传，也是个十足的风流情种，只好在风月场中厮混，在那秦淮河畔夜夜笙歌。其实张得宝也是一眼便相中了常桂英，他是个积年的老麻雀，一眼就看出了桂英是个待嫁女，他常年在烟花堆里打滚，一见桂英便如同见了一株山野的雏菊，清新可人；因此这一路上也盘算着该如何开口呢！

到了从家，那从德生和田卫兰最是一双势利眼的，一见张得宝这气派岂有不盛情挽留的？！正好张得宝、常桂生也都各怀心思，所以自然就留下了。从德生又赶紧去司令部请来常启东，没想到那常启东与张得宝更是一见如故，叙起来又都是亲戚，这酒便越喝越热络了。桂生见此情形灵机一动，悄悄将桂英的事对田卫兰一说，田卫兰听了也觉得不错，于是便将从德生叫到一边，如此这般说与他听，从德生大喜："好。弟妹，你放心，这事包在你姐夫我身上了。"果然从德生回到酒桌上将这"亲上加亲"的说辞一提，满座叫好。张得宝说回去就择个吉日来迎娶，常启东笑道："二表舅，快别装了，心里不着急？择什么日子？择日不如撞日，就今天好了。"从德生闻言也笑道："对。常营长说得对。"

"什么他妈的常营长，刚才不是说都他妈的是亲戚吗？"常启东喝得快差不多了，半闭着眼睛嚷道，"常启东，启东，叫启东，亲近。"

"那好，我就叫启东了。"从德生笑道，"启东说得对，择日不如撞日。今日就是好日子。"

“对。今日就洞房。”常启东嚷道。

桂生在后面一听急了，冲到桌旁道：“那可不行，怎么也得准备准备啊。”

“弟妹啊，不是我说你，准备什么呢？又有什么可准备的呢？都是知根知底的人。”丛德生道，“况且一个在南京，一个在无锡，来往一趟不容易，这年头越少折腾越好。你说呢？”

桂生听了顿时哑口无言，常言说得好：“响鼓不用重锤，点到为止。”桂生是个聪明人，自己娘儿仨外加一个妹妹，都寄居在人家丛家，准备什么呢？拿什么准备呢？只是心里觉得就这么把妹妹嫁了，未免太草率了，可是这样的岁月，又能怎样呢？张得宝看上去至少能保桂英平安且衣食无忧啊！难道这还不够吗？桂生道：“那我问问桂英吧？只要她自己愿意，我不拦着。”桂英其实一直都在后头听着呢，桂生一问便点头同意了，桂生也就无话可说了。

当晚，田卫兰收拾出一套干净床单被褥，腾了个房间算作洞房，常桂英便和喝得半醉半醒的张得宝成了亲。

生米既已做成熟饭，第二天张得宝着急要回南京，卫兰和桂生只好帮着桂英收拾收拾东西，桂英也没什么东西，不过是个小包裹包着几件换洗的衣服罢了，桂生将当年常老夫人送的一对银镯褪下一只给桂英戴上。离别在即，姐妹二人难免有些伤感，少不得相互又叮嘱了几句。

张得宝见桂英挽着个小布包出来，便问道：“这包的什么呀？”

“几件换洗衣裳。”桂生道。

“快扔了吧，什么都不用带。”张得宝笑道。

“是啊，我也说这话。”卫兰笑道，“这一去还不是穿的是绸、吃的是油呀？！”

桂英犹豫了一下，还是将小包袱挎上了。

“大姐、桂生，你们有空去南京玩啊，我带你们逛夫子庙去。”张得宝让桂英先上了车，自己才上车，桂生见了心里略得一丝安慰，心想应该会对桂英好的。

众人又互相客套了一番，道了别，小汽车一溜烟便看不见踪影了。

第二十回

一夜之间　无锡城改天换日
几年不见　张立新功成名就

桂英走后，桂生攒了几个钱便在米行附近的巷子里租了两间房，卫兰开始还反对她外出租房："我家里空着那么多房子，你要跑出去租房子住，你钱多啊？"桂生笑道："话不是这样说，大姐，我知道你是一片好心，但我还是想搬出去住，梁园虽好，终非久留之地。你就随便我吧，这样子我心里踏实。"

"你有那闲钱给孩子们买点吃喝也是好的呀。"卫兰不死心，"再说，万一卫青哪天回来了，还以为是我和你姐夫容不下你们呢。"

"怎么会呢！"桂生笑道，"是你没嘴还是我没嘴呀？不会说呀？我这鞋摊摆在你们米行门口已经是承你们的情了。"

卫兰知道桂生的脾气，她决定的事很难改变，也就只好随她去了。就这样桂生还是每年给卫兰和丛德生一人做两双鞋，一双单、一双棉，以表谢意。

桂联成亲前来找桂生，告诉她自己娶了同村洪家的大姑娘，桂生对什么洪大姑娘全无印象，将剩下的一只银镯拿给桂联，让转交给洪大姑娘，又给了桂联点儿钱道："好好过日子，我得空就回去看你们。眼下实在是走不开，这鞋摊离不了人，一天等着一天的米下锅呢。"

桂联推让道："你一个人带俩孩子，我哪能要你的钱？"

"这是给你结婚用的，你结个婚，难不成我这当姐姐的一毛不拔吗？你要是嫌少，就别要。"

她这么一说，桂联只好收下，又道："不如大姐你跟我回乡下吧，也能吃饱饭。总强似你一个人活得这么累。"

"活着本来就是要受累呀，不然为什么那小婴儿一生下来就都哭呢！怎么从没见过有生下来就笑的呢？都知道做人不易呢！"桂生笑道，"再说了，乡下是能吃饱喝足，可是哪来的闲钱让两个孩子读书呢？"桂联想想也是，只得作罢。

常启东没过多久因前方战事吃紧，带着队伍开拔到江阴去了，丛德生带着手下天天忙着抓人，据说是抓共产党的地下党呢，可是常常扑空，上峰怪罪下来，直接撤了他的职，原先的副局长顶了上去，果然工作大有起色。上头越发责骂丛德生饭桶无能了。那丛德生在外头低眉顺眼，任凭打骂，只不作声，回到家私下里悄悄告诉田卫兰："我琢磨着这国民党是长不了了，这天下早晚是人家共产党的，这些年该得的咱都得了，还是给自己留条后路吧。"

不出丛德生所料，1949年4月23日夜，解放军三野10兵团第29军260团第2营和87师第259团，兵不血刃，从光复门直接进了无锡城，城中百姓一觉醒来才发现彻底变天了。整个无锡城几乎没什么变化，工厂、商店、学校，一切如常，该上班的上班、该上学的上学、该做生意的依旧做生意，倒是第二天街上才有了些青年学生领头开始搞些集会，庆祝解放。

桂生还是一如既往地埋头干她的活儿，忽然有一天丛德生急匆匆地跑到米行，气喘吁吁地说："快快快，桂生，快跟我走。"说着拖着桂生就往街上跑，"张得宝，我看见张得宝了。他怎么会成了军管会的干部了？”

“是吗？”桂生也不敢相信，“军管会不是共产党成立的吗？”

“就是啊！所以我才回来喊你一起去看看。他们正在大门口接见工商代表呢。”

从德生拖着桂生一路小跑，来到原来的国民党无锡县地方法院门前，门前欢天喜地地拥着许多人，俩人挤进人群，果然看见张得宝满面笑容地站在几个军管干部当中。可是桂生一眼便认出这是张得金。张得金与张得宝俩人虽是孪生兄弟，但不一样的人生经历早在两人的脸上刻下了不同的印记，当年桂生与卫青圆房时从德生与他兄弟二人相处短暂，加上前两年刚同张得宝见过面，因此不能确定此人到底是张氏哪个兄弟，于是便拉了桂生前来辨认。而桂生在苏北抗战期间与张得金有多年的接触，对张得金太熟悉了，所以她是绝对不会搞混的。

“表哥，大表哥。”桂生大声喊道，“张得金。张得金。”

张得金隐约听见有人叫“张得金”三个字，这个名字已经好几年没人叫了，他早就改名张立新了；四面一看，看见人丛中朝他挥手的桂生，立刻认了出来，忙走了过来喜道：“啊呀桂生哪，想不到我们竟在这儿见面了。”张立新早已忘了当年的丛德生了，所以并没有理会他，拉着桂生的手将她拖到一个军管干部面前道：“快来，桂生，我介绍个人给你认识。这是我们管主任。”

“管主任好。”桂生也是见过世面的人，便上前大大方方地问声好。

“管主任，这就是我对您提到过的常桂生，淮阴抗战的时候她可是受到过军部表彰的哪。当年薛晓白同志就住在她家里。”

“哦，是吗？”管主任眼睛一亮，一边伸出手要与桂生握手一边笑道，“那也是革命的功臣啊！”

桂生连忙将手在腰间的围裙上擦了擦，方才握住管主任的手，笑道：“不敢当，不敢当。”桂生见他们事多，忙道：“管主任、大表哥，你们先忙，等你们闲了我们再聊。”

“好好好。”管主任笑道。

张立新从口袋里摸出一包烟，抽出插在胸前口袋盖上的钢笔，递给桂生道：“你把你的住址写这上头，我有空了来找你。”

过了几天，张立新果然找到了桂生，问了桂生的状况，摇摇头道：“不行。你这样下去不行，这辈子可就废了。”

桂生无奈道：“两个孩子拖着我，你说我能怎么样？”

“在马郎湖抗日救国的时候，你就没有两个孩子吗？”

“可那个时候他们都还小呀，吃饱穿暖就行，如今俩人都念着书呢，我一天不出摊子我们吃什么喝什么呢？拿什么给他们交学费呢？”

“你先别着急，容我好好想想。”

“我不急，你没来我还不是一样过日子？！”桂生笑道，“别光说我了，说说你吧，你成家了吗？”

“没有。成什么家呀，天天把脑袋别裤腰带上，哪有时间成家呀！”

“哎，对了，差点儿忘了个大事。”桂生一拍大腿道，“二表哥，你知道二表哥的事吗？”

“不知道。怎么，你有他的消息？”

桂生于是仔仔细细地将在上海巧遇张得宝以及后来

嫁妹的事一五一十地讲了一遍，又道："韩先生已经去世了，二表哥接了舅母到南京，去年也没了，就葬在南京了，你有时间去上上坟吧！"张立新听了不由得沉思了半晌，方才轻轻叹了口气道："唉！自古忠孝难两全！现在革命工作这么多，上坟的事以后再说吧。我和他如今也是道不同不相为谋了！他那个'一贯道'从前是跟着日本人屁股后走的，早晚要被剿除掉。我劝你也少和他联系。"

"我倒是想联系呢，也要有法子呀。自从他们走后就听启东说起过两回，不过是替桂英带个好罢了，说是都挺好的。启东和二表哥应该是通过几回电话。"

"说到那个常启东，你要是有他的消息一定要告诉我，千万不要被亲情蒙蔽了双眼，这些国民党的残余势力必须肃清。尤其是像他这种血债累累的，你想想，他当土匪期间有多少人被他搅得家破人亡，这几年又有多少我们的同志倒在了他的枪口下？他这样的人不除，我们的江山怎么能坐得稳？我们又怎么对得起死去的革命先烈？"

桂生听了顿时默然。

真是怕什么来什么，张立新走后不几天的夜里，常启东便敲响了常桂生的门，桂生一见常启东一副丧家之犬的样子，又是心惊又是心疼。

“大姑，快，有什么吃的没有？我快要饿死了。”

桂生忙给他弄了点吃的，常启东一边狼吞虎咽地吃着，一边不停地心神不宁地侧耳听着门外的动静。

“你是怎么知道我住这儿的呀？”

“我都跟了你两天了，你天天大模大样地出摊子、收摊子，我想找你还不容易？！”常启东笑道，“对了，大姑，我来过的事你千万别和丛德生说，那是只老狐狸、墙头草，不靠谱的。”

“哦哦哦，我知道。”桂生心不在焉地点头答应道。看着常启东，桂生的耳畔响起前几天张立新说的那一番义正词严的话来。

第二十一回

风云变幻　常启东毁容出逃
荣归故里　田卫青夫妻重逢

常启东吃完抹了一把嘴对桂生道：“家里有黄豆吗？”桂生正在出神，根本没听见常启东的话，常启东便推了她一下，桂生一惊，“大姑，想什么呢？家里有黄豆吗？”

“哦！黄豆？有点。要黄豆做什么？”

“你帮我炒点黄豆。”

“炒黄豆？现在？”

“对。马上。”

桂生忙起身去拿黄豆：“要淘吗？”

“不用。直接炒。”

桂生开始炒黄豆，一直炒到黄豆全都焦煳了，常启东才让住手，拿了块洗脸的毛巾咬在嘴里，又随手扯过桂生搭在桌边的围裙，将炒焦的黄豆倒在围裙上，那围裙瞬间散发出一股焦味，常启东略一迟疑，皱了皱眉，将眼睛一闭，伸手将一捧焦豆捂到脸上；屋里顿时飘起一股皮肉的焦香味。常启东疼得浑身直颤。

这一切来得实在太快，桂生完全没来得及有任何反应。等常启东的手从脸上挪开，桂生看着他的脸惊得一句话也说不出来：原先一张干干净净的脸上变得血肉模糊，有几颗黄豆粒还深深地嵌在肉里，仿佛还在发出嗞嗞的烧灼声。常启东疼得龇着牙直吸凉气，桂生也忍不住跟着心里直打战。有心找点药给他，可家里实在是一无所有，只好干着急，叹息道："唉！你这是何苦呢！好好的一张脸。"常启东忍着疼痛，苦笑道："脸重要还是命重要啊？"又道，"大姑，你看看家里还有没有什么现成的能吃的，都给我带上吧。"

"怎么？你这就要走？"桂生惊道。

"我必须得马上走。"

"这会儿外头落着小雨呢。"

"落刀子也要走。"

桂生找了一圈，家里哪有什么现成的吃的，还好有剩的小半洋铁皮罐的炒面，桂生将那小铁皮罐拿到常启东跟前道："家里干面倒是还有点，米也有点，要不我再给你炒点炒米、炒面带上。”

“算了。就这些吧。”常启东说完看了看刚刚用过的围裙，俯身将撒落地上的黄豆用手拢到一处，捧起来和那围裙里的黄豆放到一处，又将铁皮罐里的炒面也和黄豆倒在一起，“大姑，有镜子没？”

“有。”桂生连忙取了镜子递给常启东。

常启东看着镜子里的自己，眼角泪光一闪，随即将嵌在肉里的几粒黄豆抠了下来，扔进嘴里，狠狠地嚼碎，咽了下去。背对着桂生将镜子往她手里一塞，说了声：“走了。”头也不回便走了。

桂生趴在窗口，看常启东消失在雨巷之中，禁不住落下泪来。

常启东走后，桂生难过了好一阵子。但是很快她的大表哥张立新就给她带来了好消息：党中央决定对广大农村进行土地改革，各级领导已将任务层层下达，鉴于桂生曾在苏北地区有过丰富的群众运动经验，且又有良好的群众基础，所以张立新将她的名字举荐了上去，很快就被审核通过了。张立新兴冲冲地赶来告诉桂生这一喜讯，祝贺她又重新回到了革命的队伍中。

“桂生，你要好好干，争取早日入党。”张立新满怀期望地说道。

“入什么党？”

“中国共产党呀！只有加入了中国共产党，你的前途才是真正的一片光明呢。”

“可是我早就加入过了呀！”

“什么？怎么可能？谁是你的入党介绍人？”

于是桂生把1943年刘老庄战役打响前，薛晓白介绍自己入党的事说了一遍，张立新听了无限惋惜道：“哎呀，可惜了！薛晓白同志牺牲了！你入党的事等于没了证明人了！不过也没关系，你还年轻，继续努力，重新争取。”

“表哥，入不入党的我真的无所谓。”

“怎么能无所谓呢？这种话以后再不要说了。”张立新警惕地朝门外看了看，“就算你抗日有功，但那都是过去的事了，你对我党寸功未立，你必须要继续努力才行。”

桂生本想与他争辩，但想想他也是为自己好，也就把话咽了回去，改问这土地改革到底是干什么的？张立新道：“这土地改革啊，简称‘土改’，简单说就是打土豪、分田地，把大地主、大土豪的田地分给没地种的贫农，你们下去组织这项工作的领导班子就叫‘土改工作组’或者‘土改工作队’。你就回马郎湖去组织这项工作。”

“照你这样说，那我回去第一个要打倒的岂不就是我那两个大伯哥了？”桂生迟疑道。

“看你那点小心眼，就你这样还想参加革命工作？事还没干呢，先就瞻前顾后了，什么思想觉悟？！”张立新道，“不是有地的就被打倒，得有雇工的，自己不种地，剥削农民的大地主、大土豪，就田家那样的撑死了也就是个富农，说不定评个中农也不一定，有评定标准的。”

“那我哪知道什么标准呀？！”

“又不是你牵头，有领导的，会组织你们学习相关文件的。”

“这事你容我想想。”

“想什么想？有什么好想的？”

“哎呀表哥，你再催我我就不去了。我总得想想两个孩子怎么安顿吧。”

“好好好，你可赶紧决定，我等你的信。”张立新只好无奈地说道。

张立新走后，桂生心里充满矛盾，她总觉得这“土改”工作和“抗日”不一样，“抗日”那是保家卫国，必须要做的，自己心里也很明白该怎么做；而这“土改”自己完全没有头绪啊！再就是两个孩子怎么办呢？半大不小的，直接撒手放任自由？正当桂生连续几天举棋不定，难以抉择之际，田卫青仿佛从天而降，和张立新一起出现在米行门前。

原来卫青打海南时肩膀上挂了彩，伤好后便一心想回江苏，有不少战友都留在了海南，众人一再挽留，奈何卫青归心似箭，再三向组织上申请，终于如愿以偿，回到无锡，到军管会报到却遇上了张立新，二人高兴万分，办完相关手续便一起来找桂生了。

此时桂生与卫青分离又是三四年，这期间更不知经历了生死几度，二人胸中心潮翻涌，百感交集，万语千言，相对无语；田卫兰闻讯出门来看，忙将三人都喊进屋里坐下，桂生觉得在店里坐着实在是碍事，倒不如回家去，便收了鞋摊，邀张立新一同回家吃饭。卫兰有心客气挽留一下，又觉得如今丛德生的身份也不太适合和张立新他们来往，所以也就不开这个口了。后来没过多久，向来嗅觉灵敏的丛德生赶在公私合营的浪潮来临之前将米行盘了出去，无锡城里多少大小业主唉声叹气，从德生却毫发无损。这皆是后话了。

卫青让桂生先回家做饭，他和张立新去买点熟食。晚上国安和思青也放学回到家，一家人相见，孩子们的变化自然是最大的，少不了问问学习、量量身高。那国安已十六岁了，和卫青身高相仿，虽不聪明但十分用功；思青十四岁，身高也与桂生差不多了，聪明却不爱学习，一心想做工，好早点为母亲分忧。这会子说起学习的事思青便又说自己不喜欢学习，也学不进去，只想工作，三个大人都一致反对，都说她太小了，哪里有合适的工作可做？她却说自己有个同学就辍学了，家里托人给找到缫丝厂去当学徒了。桂生知道女儿是想减轻自己的负担，便劝道："你还是安心上学吧，如今你爹又回来了，更加用不着你一个小毛丫头着急出去挣钱了。"

思青道："厂里也有夜校的，我下了班可以去夜校学习呀。"桂生和卫青还打算劝阻，张立新却道："我看也不是不可以，学习也不是非得在学校嘛，边学技术边学文化我看也蛮好的。"

"你们看，大表舅也同我站在一起的呀。"思青笑道。

“你这么小，上哪儿托人去？”桂生道。

“这倒不是什么难事，我可以帮她找找人。”张立新道，“她这是小事，桂生我和你说的事你考虑得怎样了？”

“正好他回来了。”桂生朝卫青努了努嘴，“听他的吧。”

张立新便把打算让桂生参加土改工作队的事和卫青说了一遍，满心指望卫青肯定与自己一拍即合，谁承想卫青生死场上滚久了，如今既然已经解放了，便只想过过安生日子。“我看就别叫她去了，尤其是不能去马郎湖。我可听说了，这打土豪、分田地，可是首先就要‘打’的。不然难出成绩。你叫她回马郎湖，都是乡里乡亲的怎么弄？叫我说你还不如托托人，帮她弄个工作，免得总是坐在米行门口，也不是个事。”

张立新闻言沉思了一会儿道：“既然你是这个意思，那就算了吧，她就别去了。不过你说的对，她总坐在那米行门口的确不好，像丛德生他们这些从前的伪警察将来还不晓得怎样呢，还是别贴得那么紧。我替她留心着，看有什么合适的工作吧。”

卫青的单位给分配了一套房子，一家人总算在无锡城里有了自己的窝。

既然拒绝了张立新的安排，那么桂生就得照常日复一日地出她的鞋摊，生意倒是越来越好，几乎天天都有干不完的活儿带回家做，卫青见她一个人天天熬更熬点实在是太辛苦了，便也学着帮她一起弄。

这卫青也是个极其聪明的人，什么事情都一学就会，很快那手艺便与桂生不相上下了。

恰好市政府重组鞋帽厂，张立新得知这个消息立马通知卫青去替桂生争取一个名额，谁知卫青不单给桂生搞了个名额，还把自己也弄进鞋帽厂了。张立新说他没脑子，放着军管会的工作不要，却要去工厂，卫青道："我天天待在办公室里吃闲饭，太难受了，我倒是觉得做鞋子真蛮好的。蛮有意思的。"果然没过多久，卫青夫妇就都成了厂里的技术骨干。厂里重又给他们分配了房子，就在生产厂区隔壁的家属院里，上班十分便利。卫青便退掉了军管会的房子。

第二十二回

土地改革　马小军落魄成贼
十年内乱　田思青揭发亲夫

1951年底，广东的土改工作进展缓慢，被党中央点名批评，由陶铸、赵紫阳牵头的广东土改工作新的领导班子成立，大批干部南下支援广东，修正广东所犯的土改“右倾”错误，张立新也在南下的干部名单当中；于是张立新辞别卫青与桂生，到广东走马上任去了。

卫青和桂生的小女儿国华也已经满一周岁了。也许是卫青自己年龄渐长，也许是和孩子朝夕相处比较有感情，所以卫青对小女儿国华视同掌上明珠，非常疼爱。大女儿思青已经住到厂里的宿舍，说是上厂办的夜校更方便；国安上了师专也不在家住了，因此家里便只有卫青夫妇与小女儿田国华。生活相对安逸了许多，桂生有了空闲时间不免有些想念雪堰桥，卫青便道：“又不是千山万水，哪天有空回去看看好了。”

夫妻二人抽了个天气晴好的休息日，卫青借了单位里的自行车，一家三口便踏上了回乡的路。车龙头把上挂着些糖果点心之类，桂生抱了国华坐在后座上，正是油菜花开的季节，田野里铺满了一大片一大片油菜花，金黄金黄，清香扑鼻，微风吹拂着桂生的发丝，阳光不温不火地洒在身上，桂生不由自主地将头轻轻地靠到卫青的背上，卫青似乎也感受到了桂生心底的温情，特意向后微微挪了一点，将腰板挺得更直了。

从无锡到雪堰桥之间有个顾塘村，村口围了一大堆人，正闹哄哄地呼喝着；卫青和桂生经过自然便停下来过去看个究竟。原来是村里人抓了两个盗墓的，已经吊了快一天一夜了，这会子村里的一群壮汉正拿浸了盐水的鞭子轮番上阵，往死揍那两个盗墓贼呢；每一鞭子下去那两个盗墓贼都应声发出一声惨叫。桂生挤进去一看，却见那吊着的其中一人仿佛有点像马小军，赶紧将国华递到卫青怀里，大声劝住那几个负责行刑的村民，上前扳起那人的头一看，不是马小军却是谁？桂生大惊道：“啊呀！马小军，你怎么成这样了？”马小军微微睁开眼，看见是桂生，张了张嘴，没发出声脑袋便又耷拉下去了。桂生连忙对众村民求情，又赔了些钱才将马小军救了下来。二人将马小军扶到自行车后座上推回了雪堰桥。

到了雪堰桥才知道，马小军一家乃是本地土改对象之一，酒坊、房产俱已充了公，田地也被瓜分了，如今一家六口都住在当年“小新娘子”母女的栖身地，亏得当年卫青将那屋顶修好了，不然那屋子现在可真是够他们受的了。那常启霞除了家中遭劫那段岁月里做过一阵子家务事，自从嫁给马小军不久便又过上了饭来张口、衣来伸手的日子，这一下子又从天上跌入尘埃，除了哀哀哭泣并无半点章程，马小军便只好出去偷窃养活一家人，最近约了个同伙学人盗墓，不想刚动了两回便被捉住，今天若非卫青夫妇出手，不死也得落个残废。桂生又问桂联情形，马小军说他们被划了个中农，仍旧住在东院里。

桂生留了些点心给启霞几个孩子，便和卫青抱了孩子过了奈何桥往东院去，院门开着，桂生便直接进了院，却见桂联正在井边打水，葡萄架下的石桌边坐着个五短身材的女人，正龇牙咧嘴地嗑着瓜子；拿取瓜子的手腕上有只银镯子不停地跟着上下滑动，甚是扎眼。

“桂联。”桂生叫道。

桂联应声抬头，喜道：“大姐？姐夫！你们怎么回来了？哎呀！快进屋，快进屋坐。”

“就在这儿坐坐吧，屋里没外头亮堂。”桂生说着抱着孩子走到石桌边坐下，微微一笑道，“这就是洪家大姑娘吧？”

那位洪大姑娘此时已赶紧放下手中的瓜子，站起身，拿手抹了抹沾在嘴唇上的瓜子皮壳大声道：“你是大姐吧？常听桂联提起呢。”

“别傻站着了，赶紧烧水去。给大姐和姐夫一人卧两个鸡蛋。”桂联道，“姐夫，快坐。”桂联说着忙走过去帮着卫青拿自行车龙头把上取下来的东西，将东西顺手堆放在石桌上，客气道，“啊呀，你看你们，千年难得来一回，来就来了，带什么东西呀！浪费钱嘛！”

不一会儿洪姑娘端了两碗水卧蛋出来，桂生也不客气，端起来就吃，笑道：“我可真是饿了。”顺便也夹了点喂国华；卫青客气推让了一下，也就吃了。边吃边聊起马小军一家的事，洪姑娘笑道：“人无千日好，花无百日红，你看他们原先狂的那样！”桂生听了大为不快，皱眉道：“没有他们兴许桂联早就饿死了。既然知道‘人无千日好’就不该看他们笑话，能帮一把还是得帮一把，他一家六口真饿死了，你们也遭人骂。”洪大姑娘听过不少桂生的事，又兼着自己的话的确是有点幸灾乐祸、不近人情，因此低头不敢还嘴。桂生瞥了一眼弟媳妇手腕上的银镯接着说道：“这个东西如今就不要再戴了，免得惹祸。”桂联红着脸：“知道了，大姐。”又压低嗓音道，“待会儿还是进屋说话吧。”桂生看他的情形是有话要说，吃完便同卫青起身进屋，洪大姑娘抱了国华在外头玩耍。

进了屋桂联才敢说起马小军一家挨斗的事：“本来分了地也就罢了，但是那狗日的老九煽动家里那几个丫头、老妈子出来诉苦，说如何天天起早贪黑地受罪，倒不说她们来时哪个不是哭天号地地求收容的?！这倒好，每次斗后头那大地主严家父子时他们都要被拖去一起陪斗。我们村算好的了，顾塘都斗死了两三个了。”桂联指了指原先通往西院的小门，“这门如今早堵死了，隔壁的祠堂现在是土改工作组的办公室，后头那块地也不敢去种了，西边两个院子都是工作组的人住着呢。”

“唉！”桂生叹了口气，“这是党中央的意思，你们老老实实地过日子，有吃的给启霞他们送点过去，千万别见死不救。别忘了当初他们夫妻照看你和桂英的情分。”

“要说那马小军他们受点罪也是报应，当初还不是让我住更房！”

“记人一日好，休提千日坏。何况他现在住的还不如你当日的更房呢！少干那落井下石、雪上加霜的事。”

桂联连连点头。

桂生坐了一会便要回城，虽然桂联一再留饭，但桂生执意不肯。卫青又掏了些钱留下，桂联送到村口方回。

桂生夫妇归途中心情沉重，一路无话。回到家，桂生写了封信给张立新，问他广东那边的工作进展情况，张立新的回信斗志昂扬，说广东的土改工作如今是“大张旗鼓、雷厉风行，要数目字，每个乡都是有指标、有计划的。”又说自己成家了，是组织上安排的，是战士歌舞团的舞蹈演员，姓梅，叫乐乐，比自己小十六岁，人很好，很活泼。

桂生读着信，一旁做活的卫青听了“扑哧”一声笑道：“这真是好饭不怕晚哪！他这回该美死了。”桂生斜了卫青一眼，也忍不住笑道：“那是肯定的，总算是尝到革命的胜利果实了。”

从1953年开始，张立新偶尔来信，说工作繁忙，目前开始进行“农业合作化运动”了，前两年分田到户的土地开始实行土地集体所有制，所有的农产品实行统购统销的政策。这一场人类历史上规模最大的财产再分配和集体化似乎一直持续着，直到“文化大革命”开始，一场新的更为狂热的运动风潮席卷了整个中华大地。

时年三十岁的田思青把自己的丈夫——缫丝厂党委书记袁平安的日记本交给了厂革委会，袁平安一下子成了现行反革命。桂生正在家里忙晚饭呢，卫青在厂里开会还没回家，有缫丝厂的熟人跑到田家报信，桂生闻讯简直不敢相信自己的耳朵，赶紧端下炒着一半的菜、封了炉门，关照十二岁的二儿子国庆看着还不满周岁的小儿子国民，自己匆匆赶到田思青家里。

田思青正在家里和婆婆相对哭泣呢，说是自己也没想到事情会这么严重。本来因为思青连生了两个女孩，袁平安的寡母便不太高兴，言语当中时常对思青有责怪之意，总催儿媳接着生，务必要生出个男孩为止，思青一心怕生孩子影响工作，哪里肯听婆婆的，所以这婆媳关系越闹越僵，袁平安想着寡母养育自己不易，所以总是站在母亲一边，思青因此哭回娘家好几趟了；为此桂生还找袁母理论过，那袁母不过是个封建守旧的家庭老妇人罢了，桂生一句话就把她堵得哑口无言：“亲家母，你也是乡下种过庄稼的人，难道不明白种瓜得瓜、种豆得豆的道理吗？你儿子他种的是绿豆，你非让我女儿她结出个黄豆来，怎么可能？！”这一回田思青夫妇为着婆媳之事又大吵了一架，思青一气之下，大脑一热便将袁平安的日记本给交了出去，如今追悔莫及。

桂生听了也是无计可施，只好当着亲家母的面将自己女儿狠狠骂了一顿，又怕她们想不开，只好安慰她们也许关几天学习班就没事了。谁知事情远比想象的要严重得多，接二连三的批斗会没完没了，那袁母目睹了几场儿子的批斗会，受不了刺激竟一根绳索把自己吊死在了铁制的脸盆架子上了。田思青一下子傻眼了，她原本只是想和袁平安怄个气而已，这下她觉得自己间接地就成了袁平安的杀母仇人了，她完全没有胆量把这一凶信去告诉袁平安，但是这样的大事又怎能不说呢？！

第二十三回

斗私批修　袁平安家破人亡
白云苍狗　魏健文枉赴黄泉

果然，袁平安一听到母亲的死讯，疯了似的号叫道："田思青，你这个泼妇，我要杀了你！你等着，我饶不了你。"

卫青和桂生托了好几圈人，看在卫青曾是林副统帅的兵的面子上，革委会总算押着袁平安出来给母亲送了葬。葬礼皆系桂生一手操办，但袁平安全程都并未看田思青一眼，临行前给卫青和桂生鞠了个躬道："爹、妈，谢谢你们，但我还是要和她离婚。"卫青和桂生无奈地点点头，桂生喃喃道："随你便吧。"思青拖着两个女儿，一个两岁、一个四岁，扑通一声跪到袁平安面前，哭道："我不离，离了俩孩子怎么办？"袁平安看也不看她，掉头就走，思青跪在地上号啕大哭，卫青气得上前一脚，将思青踹倒在地，骂道："滚。回家哭去。别在这儿现人眼。”

这边厢思青一家被斗得家破人亡，那边厢田国安却在这场政治大潮中逆流而上，如鱼得水，成了他们粮食系统的造反总司令，一下子成了风云人物，带着一帮人到上海交流还不够，一伙人还千里迢迢地跑到东北辽宁去学习“朝农经验”。他亲生的小兄弟担任着他们老家乡里的民兵排长，也是“文化大革命”的急先锋呢，从报纸杂志上看见了有关他的报道，还有一系列照片，其中恰有一张桂生胸戴大红花受表彰时，他和思青两个小屁孩一边一个扯着桂生衣角仰望着母亲傻笑的照片，他那小兄弟将杂志带回家被老父亲看见了，便立刻安排了儿子从老家大丰找上门来相认；田国安这才知道原来自己本姓单，开始田国安还有些犹豫，担心卫青夫妇不愿意，但桂生反过来劝他道：“他们若是比你强，你可以自行选择，如今他们不如你，肯定是想和你相认能沾点光，没道理你比他们强倒不管亲爹的。”

“是他们先不要我的呀。”田国安埋怨道。

桂生叹息道：“唉！那个时候，不好说。什么时候说什么话吧。”又笑道，“那会子，吃孩子都不是什么新鲜事。他们饿成那样，没把你吃了算好的了。”

田国安想了想也就相认了，但不肯改姓，仍旧姓田，卫青与桂生见他这样也颇为欣慰；殊不知他心里自有自己的小九九：田卫青是从四野退役的，货真价实的“林副统帅的兵”，这一金字招牌他怎么舍得丢弃？常桂生的背景虽说有点复杂，但她抗日期间受到过八路军军部的表彰这更是能拿出真凭实据的，他自己如今更是时常将当年田思青送鸡毛信之类的事张冠李戴，说成是自己的丰功伟绩，添油加醋地在革委会里大吹特吹，所以他怎么可能轻易改姓呢？何况他本来对亲生的父母也的确是没有任何的感情。之所以相认，一则为了迎合桂生讨她欢心，二则也实在是血浓于水，那单家小兄弟往面前一站，他的心中便自然而然地觉得有几分亲近。所以也就相认了，来往却也并不太频繁。

大的闹得“天翻地覆慨而慷”，小的也不甘示弱。“文革”开始时，二姑娘田国华十七岁，正是所谓“春风吹战鼓擂，现在世界谁怕谁”，听见有人放个响屁都能高唱一段“轰隆一声震天响哎，来了救星共产党哎”的年纪，参加了文艺宣传队，整天在外头唱啊跳啊，打了鸡血一样不知疲倦。偶尔回趟家，桂生说她两句，她有一堆毛主席语录等着桂生，气得桂生犯了头疼病。1957年到1963年，“大跃进”紧跟着“大饥荒”，桂生先后生了两儿一女全都夭折了，眼泪那是真没少流，不知不觉间便落下了头疼的毛病，疼起来只觉得脑瓜子被劈作了几瓣，躺在床上直哼哼，国华见老娘被她气倒了，毛主席语录张口就来：“一切反动派都是纸老虎，不堪一击。”卫青气得要揍她，她一边高呼“要文斗不要武斗”，一边往外跑，最终到底响应了毛主席他老人家的号召，跑到“广阔天地去大有作为”了。一帮子十八九岁的年轻人意气风发地满怀着对未来的各种想象，不到一年就开始纷纷想尽办法回城。出城容易回城难，一年又一年，这帮年轻人成了生在新中国、长在红旗下的第一批被生活磨尽了棱角、为达目的不择手段的人——一个回城的指标就足以让他们彻底放弃一切做人的尊严。

田国华是他们中的幸运儿，她在一次文艺会演中被前线文工团的一位同为舞蹈演员出身的梅副团长看中，直接调到了南京；更没想到的是这位梅副团长居然是她的表舅妈，也就是张立新的爱人——梅乐乐。原来张立新不久前刚从广东调到江苏，如今已是省委领导。梅乐乐爱惜身材，不愿怀孕，张立新宠爱小娇妻，不忍勉强她，但内心还是想有个孩子；因此活泼开朗又能歌善舞的田国华一出现便深得张立新的喜爱。于是便时常带着她出席一些场合，省委有位姓魏的领导一眼相中了国华，亲自找张立新说合，非要将国华介绍给自己在晓庄师范当老师的侄儿健文；还特意设了家宴安排两个年轻人见面。健文比国华大五岁，两个年轻人互相也看对了眼，两人站在一起，怎么看都是一对璧人。张立新夫妇觉得这还真是一门好姻缘，便写信给卫青夫妇，还把男方的照片也一并寄了过去。

那卫青嘴上喊打喊杀的，其实对这小女儿爱若珍宝，接到信扔下手头所有事，买了张车票就赶到南京。见了那魏健文也甚是满意，给桂生打了个电话，说了各种情况，桂生也挑不出什么毛病来，自然也就应允了。婚礼由张立新一手操办，结婚当日，国华便从张立新家出嫁，回门也回的张立新家，学校给魏健文分配了一间宿舍，卫青与桂生也去看了，见俱各安好，两人叮嘱一番，又和张立新夫妇再三客气嘱托了一通，也就带着两个小儿子回无锡去了。

然而好景不长，那魏健文与田国华都是家里娇宠着长大的，都爱要个强，半分不肯让对方，于是新婚还未满月便开始叮叮当当吵个不歇火。开始田国华回家告状，张立新还出面调解，可是随着“革命风暴”的进一步蔓延，省委大院也不再是净土，非但张立新被卷了进去，魏健文的大伯也未能幸免，全被关进了“牛棚”，健文与国华两个年轻人更是一下子从云端跌落尘埃。这一来，俩人反倒安生了，也没闲心吵嘴了，日子反而过得太平了。可惜没过几天太平日子，健文这个“臭老九”也在劫难逃，好在不是什么学术权威，只是平时喜欢酸溜溜地吟个诗、作个赋，小资产阶级思潮泛滥——这样下去岂不腐蚀“革命小将”的灵魂？必须捆了一起陪斗。此时国华却发现自己怀孕了，为了能戴罪立功，拼命地积极表现，怀孕四五个月了照样参加部队拉练，匍匐前进，跨越壕沟，哪样也不愿落下。那胎儿也真叫皮实，也没被折腾流产什么的。这一切，国华也不敢写信诉说，怕父母担忧，只好自己硬扛着。

谁知学校一场再寻常不过的批斗会却连这样的“安宁”也打破了。不知怎么那一天台上领头呼口号的人嘴一滑喊错了口号，把“打倒汪中青”喊成了“打倒汪东兴”，这还了得！汪中青不过是学校的教导主任，汪东兴是谁？岂是你随便就能乱喊的？还想打倒他老人家？不是现行反革命是什么？台下的群众都是又红又专的革命小将，眼明心亮外加眼疾手快，立马就有几员小将冲上台来要揪现行反革命，台上有走神的还没弄明白怎么回事呢，看见有人冲上台来，以为是有人要篡党夺权呢，当然不能坐以待毙；台上台下立刻乱成一片。混乱中，各种冲撞，不知是谁一脚踹在反剪着双手站在台边低头陪斗的魏健文身上，魏健文头朝下一下子栽到台下。周围的人打成一团，谁也没理会。人群中有人拿了一根头上弯成倒钩的铁丝，乘乱刺入正在台上挨批的“罪魁祸首”汪中青的脸颊，又向外一拽，那铁丝的倒钩立刻将汪中青脸颊上的肉扯出一大片，挂在腮上，顿时血流如注；汪中青一下子扑倒在台边，正好看见倒在台下的魏健文头开脑绽，于是翘起血肉模糊的头，声嘶力竭地扯着脖子拼命地喊道：“别打啦！死人啦！死人啦！快别打啦！救人啊！”

等到众人乱哄哄地把人送到医院，哪里还有气息？！一条鲜活的生命就这样莫名其妙、无声无息地消失了。想要追查凶手，哪里去找？！这年头，最不缺的便是枉死的鬼！

第二十四回

风刀霜剑　梅乐乐香消玉殒
情窦初开　田国庆偶结良缘

卫青与桂生闻讯赶到南京帮着料理后事，可怜魏家竟无一人到场。那魏健文的父母两族皆曾是当地数一数二的大地主，这样的身家遇上这样的岁月，怎么可能消停得了，全家老少并无一人能有人身自由，因此听闻魏健文的死讯也唯有凭空祭吊而已。卫青与桂生只得将女婿草草安葬了事。

桂生见女儿挺着个大肚子，便想接她回无锡，可是国华却不愿意回去，一则工作关系在南京，调动哪那么容易，二则张立新那儿隔个十天半个月她还得去看看。卫青和桂生想想也是，张立新无儿无女，这会子正是用着国华的时候。桂生与卫青便商量临走前去看一眼张立新，不料却扑了个空，张立新被抽调到苏北去上河工了。倒是看到了张立新的爱人，那位田国华的伯乐——

梅乐乐，当年的窈窕淑女，如今蓬头垢面、衣衫褴褛，精神上似乎受了刺激，大有疯癫之状；桂生看了不禁潸然泪下，动了恻隐之心，便对卫青说打算带她回无锡。卫青看着心里也不是个滋味，二人便找到了歌舞团目前的领导说了想法，对于一个疯子的去留当然没有谁会在意，于是桂生便将梅乐乐带回了无锡。离开了原来的环境，梅乐乐的病情并未见好转，痴痴癫癫不到一年，花儿一般的美人便香消玉殒了。

远在苏北上河工的张立新对家中所发生的一切一无所知，每天累得瘫倒在地铺上。连吃个饭都没经验，还抢不过别人。人家都是先少盛半碗，快速吃完后立马再盛一大碗压得实实的，他却只知道傻傻地盛一平碗，等他想盛第二碗的时候饭盆早就空空如也了。无独有偶，工地上居然出现了一个和他一样毫无抢饭经验的傻瓜，两人面对空盆不禁都叹气苦笑了一声，再抬头一对视，顿时都僵住了。两人目不转睛地对视了好半天，不约而同地喃喃道：“你是？”

“得金？”

“得宝？”

那人正是张得宝。

这真是老天爷开的一个大大的玩笑，兄弟二人自从1935年“刺唐”一别三十多年，居然在这儿殊途同归了！兄弟俩忍不住相视苦笑，直笑到二人皆是泪流满面。

张得宝告诉张立新自己是戴着“四类分子”的帽子全家下放到这儿的，正好这次出河工他家也有份，别人家都是一家出一个人，但他没得选择，他和刚满二十岁的儿子都必须来。兄弟二人嗟叹一番并不敢久聊，匆匆散去。没过多久，张立新接到通知被调离工地，发配到句容石山头五七干校去了。虽说一样有干不完的活儿，但是比起“牛棚”来那已经是天堂与地狱的差别了。

张立新逃出了“牛棚”，可怜的丛德生这回却是在劫难逃了。任他再怎么天天把自己关在屋里不出门，逃过了解放初期的各种清算，却难逃“文革”中广大人民群众一双双雪亮的眼睛，到底还是被革命小将们揪进了“牛棚”，几番折腾，一命呜呼。剩下田卫兰一个人，每天躲在家里犹如惊弓之鸟、惶惶不可终日，那也逃不脱挨批斗的命运。卫青和桂生晚上悄悄去看了她两次，很快就有人汇报给鞋帽厂革委会的领导，厂革委会经研究决定：对二人进行通报批评，并在全厂职工大会上作公开深刻的检讨，如果再发现有类似的划不清界限的行为发生，严惩不贷。除此之外，厂部每周组织的民主生活会上，二人都必须详细汇报本周的行踪以及思想动态。

正当卫青与桂生天天忙着写各种报告与检讨之际，田思青回娘家来报信，说自己要结婚了，也不打算请客什么的，就想两家人一起吃顿饭，领张证就行。男方是厂里的机修工，姓葛名世民，比思青还小三岁，根红苗正，还没结过婚。桂生让带回家来看了看，虽不十分满意，但看着倒也一脸忠厚样，也就随她去了。田思青结婚的事还没了呢，老二田国庆居然也回家吵着要结婚，把卫青与桂生着实吓了一大跳。

原来田国安的弟弟单玉民来了几次，田国安天天忙着革委会的事，并不怎么理会他，却不知怎么那单玉民就和田家老二国庆甚是合得来，国庆反正学校也不开课了，成天到处瞎窜，就窜到单家去了，那单玉民是当地的民兵排长，队伍里也有几个女兵，便替国庆张罗要说个对象。那田国庆刚满十八，正是君子好逑的年纪，岂有不愿意的？于是那单玉民假装军事训练，集合了一帮子男女民兵，让国庆乘机挑选意中人，不想却无一个中意的，只得解散拉倒。国庆悻悻作别，单玉民送他去车站，二人走到村口却见河边有个姑娘正在一块大青石上捶打衣裳，两条垂到屁股下面的大辫子随着手臂的起伏在腰间摆动，田国庆一下子就看呆了。单玉民见状笑了，走过去一看，原来是本家妹妹单玉兰。

因此田国庆回到家便对父母说要结婚，桂生道：“结婚？抽风呢吧？你？你才多大？”

“什么我才多大？你结婚才十四岁呢！”

“放屁！”卫青冷不防踹了儿子屁股一脚，“什么时代了？”

“就是。你自己睡觉还分不清头朝哪呢！”桂生笑道。

“你们都别笑。我是认真的。单家二哥给我介绍的，是他本家妹妹。”

桂生一听这话，不由得不当真：“单家的本家妹妹？你在哪认识的？你上他们家去了？”国庆把单玉民帮他介绍对象不成，结果路遇单玉兰的事说了一遍。桂生听完厉声道：“不行。”

“为什么不行？”国庆一下子就急了。

“儿子。你还小，千万别干傻事。农村人不能要啊！”桂生皱眉道。

“农村人怎么啦？不缺胳膊不少腿，为什么不能要？”

“唉！你是不当家不知柴米油盐贵。”桂生叹息道，“你要是娶个农村人，吃的、穿的什么都没有，样样都要买黑市的，谁家吃得消啊？这还不算，将来生了孩子也是农村户口，你有这能耐养活他们？”

“我有。我养。”田国庆不知深浅，年轻气盛，见父母不同意，一气之下跑到单家，求单玉民成全此事，单玉民到本家哥哥家一说，单家岂有不愿意的？村里也有两个姑娘嫁进城了，一个嫁了伤残军人、一个嫁了个有小儿麻痹症后遗症的，两个姑娘还都是村里排得上号的美人呢！如今田国庆这样年轻英俊、身强体健的小伙子居然看上了自己家的姑娘，而且是苏南城里人，这真是祖坟冒了青烟了呀！单家于是将田国庆奉为上宾，一家人无不对他关怀备至。那单玉兰是家里的长女，下面还有一个妹妹、两个弟弟，虽说和国庆同年，但穷人的孩子早当家，深知这门亲事对自己乃至全家的重要性，因此也是对田国庆万般柔顺。连村里的邻居们也都对田国庆分外客气，希望将来到城里能有个歇脚的地方。捧得田国庆云里雾里地以为自己有天大的能耐，言谈中不知不觉地便将自己家里的情况粉饰了一番，搞得单家老少都以为遇上了“大救星”了。单家老妈便问婚后能不能把女儿玉兰的户口迁进城？田国庆想也没想便点头答应了。单家知道田家父母皆不同意这门亲事，怕丢了金龟婿，老妈便教女儿将生米做成熟饭，不怕他不认账。单玉兰本来也相中了田国庆，自然也就在老妈的安排下顺水推舟，成了好事。不料田国庆一下子便坠入了温柔乡，乐不思蜀，压根不想回城了。这可急坏了单家人，只得找到单玉民，请他从中圆全此事。单玉民没想到单玉兰家竟冒这样的险，万一田家死不答应可怎么办呢？他很清楚田国庆只是个孩子，自己还没个稳定的工作呢，家里的事他是根本做不了主的。但他是此事的始作俑者，自然无法推托，思来想去，只得硬着头皮拖了田国庆回城。

两人坐上长途大巴，一路上田国庆还反复强调父母同不同意自己根本无所谓，说自己不喜欢城里，更喜欢待在农村。单玉民被逼无奈，只得一语道破天机：“兄弟，你快别天真了。你待在农村你会干什么？哪样农活你拿得起放得下？更何况人家姑娘跟你是为了跟你进城的，可不是为了跟你继续种田的！单凭你一张脸，凭什么人家全家老少都供着你？那还不是因为你是城镇户口。”

“……”田国庆一时语塞，但又不甘心，“那照你这么说，玉兰她根本就不喜欢我了？”

“这是两码事。那你就说你喜不喜欢玉兰呗？”

“我当然喜欢她呀。”

“这就是了呀。你喜欢她你就该让她过上好日子啊。”单玉民凑近田国庆小声笑道，“她喜不喜欢你，你自己没感觉啊？”

田国庆到底稚嫩，脸“唰”地就红了，想起自己与玉兰的各种缠绵，顿时耳热心跳，一时间不禁热血沸腾，涨红了脸道：“你放心二哥，我爹我妈他们要是不同意，我就和他们拼命。”

还没等田国庆拼命呢，老娘常桂生先和他拼上命了；桂生不知从哪儿搞来一瓶“敌敌畏”，摆在面前对儿子说：“你要是娶那乡下姑娘，我就把这个喝了。”单玉民带着田国庆回到无锡城，并没敢直接去找卫青夫妇，而是先去找了田国安，二人苦苦哀求田国安帮忙周旋，田国安被他二人缠得没办法，只好陪他们一起回家见父母，这会子一见常桂生摆出了拼命的架势，三人都没辙了。桂生见他们仨泄了气，便指着田国安道："国庆小，不懂事，你也不懂事啊？你这是帮他吗？你这是害他呢！"

"您可别骂我。这事可不关我什么事。"田国安笑道，"是他们两个跑到我办公室求我来的。"又转脸对田国庆笑道，"我可不管你了，你自己闯的祸自己收拾吧。"又转脸对桂生道，"老娘，他这些天可都住在人家女方家里呢。"

桂生闻言大惊，看着单玉民道："什么？老二啊，他不是住你家吗？"

"开始是住我家，后来嘛……他有腿有脚的，我也拽不住啊！"单玉民为难道。

桂生一屁股跌坐在凳子上，喃喃道："命。这就是命。"又指着跪在面前的田国庆恨声道，"有你哭的日子呢！"

此时一直坐在旁边闷头抽烟的田卫青掐掉烟头抬起头道："准备准备，结婚吧。"又望住单玉民道，"可有一条，要先和她娘家交代清楚，过门来自己要能养活自己。"

"好，我一定转告到。"单玉民点点头，又笑着补充道，"姑娘也是个勤快人呢！"

第二十五回

远走他乡　田国安隐姓埋名
丧尽天良　葛世民辣手摧花

单玉兰果然是个勤快人，过门以后先是偷偷摸摸地生豆芽卖，紧接着包馄饨、包包子卖，居委会的人和常桂生、田卫青关系都处得不错，因此对她也就睁只眼、闭只眼的；田国庆也一下子成了大人，到居委会里开了张介绍信，跑到人家建筑工地先当小工，学了三招两式又当大工，两口子一心想过出个人样，不叫人笑话。卫青和桂生看在眼里，便刻意留他们在一起过日子，让他们自己挣的钱全都存起来。但是随着接连两个孩子的到来，田国庆终于真正尝到了农村户口的苦处了。国家规定，孩子户口随娘，田家一下子有了三个没定量的黑户。全家人几乎都在为这三个样样都要拿钱买的人而奔忙，这样的日子终于在田国庆有了正式工作——在一家大集体性质的印刷厂里负责基建而告一段落。这搞基建的工作岗位不起眼，却是个肥差，所有厂区、家属区的房子都由他们统一负责建造、修缮，很有些人溜须拍马的；因此没过多久，田国庆便设法将单玉兰搞进了单位食堂；一个小家这才真正地独立起来。

怎奈世事无常，一波刚平、一波又起。田国庆一家刚安生下来，卫青夫妇才打算松口气，田国安那边又出了大乱子。华主席上台，“四人帮”倒台，一时间街头巷尾鞭炮齐鸣、锣鼓喧天、红旗招展，举国欢庆。唯有小不点田国民哭哭啼啼跑回家告状，说门口的小伙伴唱着儿歌骂大哥呢，桂生便问是什么歌？国民学舌道：“四人帮，真真坏，想把列车倒着开，田国安，吴守霞，四人帮的黑爪牙。”那吴守霞和田国安一样曾是革委会的一员“猛将”。卫青和桂生听了也是无可奈何，只得哄着国民少出去。

田国安反应也快，回家打了个招呼，便带着老婆孩子投奔远在内蒙古海拉尔的大舅哥去了。

这一去便是八年，田国安隐姓埋名，用单玉田的身份在海拉尔的大草原上牧马、放羊，从不敢和家里有一丝联系。直到八年后的一天，巧遇一位曾经一起在“朝农”战斗学习过的“战友”刘胜利；谈及已经花开遍地的改革开放，还竭力邀请他一起去辽宁创业。刘胜利走后，单玉田辗转反侧了好些天，又跑到城里去买了几份报纸反复琢磨了几天，最终决定回内地，但到底没敢回江苏，而是直接去了辽宁投靠那位刘胜利去了。那刘胜利曾是当地的乡村小学校长，但是他很识时务地在“文革”初期首先扯起了“造反”的大旗，非但自己逃过一劫，还保护了学校不少教师，也算是“文革”中的一朵奇葩了。

且不论单玉田如何在内蒙古大草原上喝风吃土，只说说这田国安一倒台，一向老实巴交的葛世民竟作起妖来。田思青虽已和他生有一子，但这并不能影响他对田思青非打即骂，而且常常私下里对田思青声称：“娶你本来是想沾点光，结果一分钱的光也没沾着，你那个倒霉大哥就下台了。”又道，“我就是给你罪受你也没处申冤诉苦去，别人知道了必定要么说你活该、报应，要么说你本来就不是个好东西，不然怎么离了一个，再嫁一个还是过不好呢？”对袁平安的两个女儿也是不分场合，张口就骂，无人处抬手就打，如同市井泼妇骂街一般，怎么解气怎么来，并不顾及自家脸面，更不可能考虑小姑娘的情面。

那袁平安得到昭雪后便申请调到苏州去了，不想继续留在伤心地，到了苏州很快便组成了新的家庭，走的时候曾想带走女儿，怎奈田思青死活不肯将孩子撒手，袁平安想自己一个男人也没法照顾孩子，也就不勉强了，不过每月寄些生活费给孩子，重新开始自己新的人生了。哪里知道两个女儿如今备受欺凌呢！田思青怕人笑话，只得默默忍受，还得人前装欢，显得自己生活得幸福美满。

然而随着袁平安的两个女儿一天天长大，那葛世民居然打起了两个小姑娘的主意，乘着田思青被单位工会统一送去结扎的期间将魔爪首先伸向了大姑娘龙梅，龙梅刚满十四岁，正是豆蔻好年华，却惨遭荼毒，事后并不敢声张，十二岁的二姑娘玉荣睡在姐姐对面的小床上，目睹了整个过程，吓得躲在被子里捂得满头大汗，一动也不敢动。一直等到葛世民离开，龙梅一把扯过被子将头蒙上，死一般僵直地躺在床上一动不动，玉荣在她床前站了一会，决定悄悄地跑去找母亲。

田思青正躺在党校教室里临时搭建的大通铺上，计划生育也像是一场运动一样，无论城乡，做绝育手术的育龄妇女人山人海，医院根本就容纳不了如此之多的病人，许多人动完手术就被送到各处临时搭建的场地观察术后情况。田思青所在的纺织行业，以女工为主，统一安排的医院更是人满为患，后来有的手术干脆就地实施，根本没有那么多的手术室可用，田思青所住的党校就是一个临时医疗场所。

玉荣到了那儿，一看躺着一屋子的男男女女，有些男人心疼自家老婆，这挨刀的事便自己承受了，几乎每个人都在呻吟，还是田思青先叫了她，她才看见母亲躺在靠窗的一排人边上。她走到跟前，思青道："你爸他们呢？他们怎么没来？"玉荣张了张口，到了嘴边的话又咽了回去，默默地坐到思青床边上，"你别傻坐着了，正好你来了，就帮我把床底下的痰盂倒了吧。"床下的痰盂是当尿盆用的，玉荣蹲下身只见大通铺底下放着统一配给的白色痰盂，皱眉道："妈，哪个是你的呀？"

"一号。"思青道，"最边上那个。"

玉荣将床底的上面用红漆手写了个"1"字的痰盂拖出来，问道："厕所在哪儿呀？"

"就在外头。你不会问人呀？"正处于术后余痛的田思青不耐烦地训斥道。

厕所周围堆满了各种各样血乎淋拉的卫生纸，有的卫生纸上还躺着已经成型的胎儿尸体。玉荣看了直恶心，也不想再往里走，看有人将痰盂往纸堆上倒，她便也往纸堆上一倾了事。

等田思青回到家，一切如常，只是龙梅变得越来越沉默寡言，田思青天天除了上班，下了班还要赶到厂办托儿所接刚满三周岁的小儿子，回家路上还得顺便去菜场买菜，到家就得忙晚饭，天天忙得陀螺一样，葛世民反正是甩手大掌柜的，要么找人打牌、要么找人下棋，了不得逗逗儿子，饭菜上桌田思青才让孩子去喊他回来吃饭。对于女儿的变化，田思青丝毫没有在意。直到有一天龙梅吃着饭突然就不停地犯恶心，然后就推开碗不吃了，连续好几天，田思青不得不抽空带她去了趟医院，检查结果当时就几乎将她震晕了——龙梅怀孕了！已经四个多月了！

田思青完全不知道自己是怎么带着女儿回到家的，一进门便瘫软在地。龙梅连拖带拽将她弄上床，自己也进屋将房门一关躺到床上；说实话，她的脑子也是一片空白。

葛世民得到托儿所阿姨的通知，让他去接儿子辰辰，他抱着儿子一路上在心里将田思青的祖宗十八代问候了个遍，到家一看田思青却躺在床上，厨房里是锅没动、瓢未响；一股怒火直冲脑门，放下儿子，两步跨到床前，扬手正要打下去，忽然觉得有点不对劲儿，愣了一下。思青背对着房门侧躺着，葛世民看不到她的脸，放下手道："嘿，死了？没死出个气，吭个声。"思青猛地转过身瞪着葛世民，两只眼睛通红，像是要喷出火来；葛世民着实被吓了一跳，咂了一下嘴，自我解嘲道："干什么？要吃人啊？吓我一大跳。你病了？那你躺着吧，我去做饭。"

自从单玉田倒台后葛世民头一次做饭，田思青擦干眼泪，坐到饭桌边，葛世民问道："龙梅呢？怎么不吃饭？"田思青的眼泪一下子就涌出眼眶，她抹了一把眼泪道："病了。不用管她。"葛世民觉得不大对劲但又猜不透究竟发生了什么，也就没再作声。玉荣也觉出气氛反常，她是根本不敢多嘴的，匆匆扒了一碗饭便撂下筷子进屋了，只有三岁的辰辰不停地嚷着"吃这个""不吃这个"……

玉荣进屋见姐姐瞪着两只眼睛直挺挺地躺在床上，便小声问道："今天怎么了？"

"没怎么。"龙梅说着侧身朝里，"写你的作业吧。"

第二十六回

罪无可恕　葛世民死有余辜
生无可恋　田思青杀夫灭女

第二天，田思青一早上正常起床、做饭、打发孩子上学，葛世民见一切又都恢复了常态，也就将头天的事抛开了，吃完饭也上班去了，见田思青忙着收拾碗筷，便主动送儿子辰辰去托儿所。田思青收拾完碗筷，到单位请了假，又去了趟鞋帽厂，桂生已经是分管生产的副厂长了，卫青是总工，单位正在开会研究参加“广交会”的事，思青便打算伸头在窗口看看就走，正好被桂生无意瞥见，思青轻易并不到桂生他们单位来的，因此桂生便悄悄出来，问她有什么事？思青只说是出来办事顺路经过，好久没看见他俩了，所以进来看看他们，没什么事。桂生心里牵挂着会议内容，聊了两句道：“星期天都一起回家吃饭吧。你没事我就进去了，正商量去广交会参展的事呢。”

思青离了鞋帽厂骑车去了女儿的学校，找到二女儿玉荣，玉荣正在上课，思青把她叫了出来，叫她下午放学先别回家，直接去自己的单位托儿所接辰辰放学，然后去舅婆家，舅婆做了油面筋塞肉、酱排骨、猪油菜饭，让去她家吃晚饭，玉荣乐颠颠地答应了。思青这才去菜场买菜，回到家精心准备了几个菜，等着葛世民下班、袁龙梅放学。

玉荣好不容易盼到放学，飞奔到托儿所接了小弟弟辰辰，一路上抱一段，又哄他自己走一段，反复用“到舅婆家就有油面筋塞肉吃了”“还有酱排骨、猪油菜饭”“全都好吃死掉了”给小辰辰鼓劲，两个小屁孩带着对美食的无限神往，一路上连走带跑，欢天喜地地到了桂生家。

卫青和桂生一见他俩先是高兴，但一问就他们两个人，而且玉荣说是妈妈让来的，还把思青的话学了一遍，桂生突然想起白天的事，便赶紧把白天思青来找自己的事和卫青说了，“什么时候来的？我怎么没看见？”卫青道。

“你脸朝里坐着，怎么看得见？”

“那她还说什么了没？”

桂生摇摇头；夫妻二人对视了一会，桂生越想越不踏实："不对头，肯定有事。"

"能有什么事呢？"卫青点点头，疑虑道。

"先做饭吧，吃完一起过去看看。"

"不是说有油面筋塞肉、猪油菜饭的吗？"玉荣沮丧地说道。

"我也要吃菜饭。"辰辰立刻跟风。

桂生的小儿子国民故意逗辰辰道："猪油菜饭没有，猪油屁你要吃吗？"

"要。"辰辰张开两只小胳膊扑向国民，"小舅舅，我要吃猪油屁。"

众人忍不住都笑了起来，卫青道："算了，今天我们也别做饭了，带他们几个去'人和'吃菜饭好了。正好'人和'离她家也近，吃完正好把他们两个送回家，也顺便过去看看。"

一行五人便骑了两辆车去了"人和菜饭"，要了猪油菜饭，赠送的冬瓜排骨海带汤，又到隔壁的"陆稿荐"买了一份酱排骨，国民虽是舅舅的身份，其实比玉荣还小一岁，吃饭的时候免不了要逗引辰辰："你不是要吃屁的吗？那你为什么要吃饭呀？"

“我没有。我没有要吃屁。我要吃肉！”辰辰愤怒地叫道。

“你什么狗屁舅舅呀？饭都堵不住你的嘴。别再勾他了，赶快让他安生吃饭吧。”桂生说着拿筷子在国民头上敲了一下，国民这才老实低头吃饭。辰辰见国民挨了一筷子，这才得意扬扬、心满意足地开始安心吃饭。

几个人吵吵闹闹地总算吃完了饭，便骑车往思青家去。老远就看见思青家里亮着灯，玉荣跳下车便跑过去边敲门边大声叫道：“妈——妈，舅公和舅婆来了！”卫青将坐在前面大杠上的辰辰抱下来，刚一放到地上，辰辰便也跑过去，边敲门边学玉荣的样子高声叫道：“妈妈、妈妈，舅公、舅婆来了。”可是直到把左右邻居都敲出来了，也没把田思青家的门敲开。田思青住的也是厂区的宿舍，邻居们都是熟人，都认识卫青和桂生，便都过来帮忙喊门。屋外的人越围越多，屋里却依然僻静悄声；屋外的人见屋内明明亮着灯，有人便想从窗口看看，奈何窗帘拉得严严实实，一丝缝隙也没有。

卫青见众人开始窃窃私语，心下焦躁，用力一脚蹬开房门，众人都被眼前的场景吓呆了——一张正对着门的方桌上杯盘狼藉，袁龙梅低头趴在桌上，葛世民则趴在地上，两只胳膊使劲地伸向田思青，眼珠子瞪得像是要掉了下来，田思青也是瞪着两眼、仰头坐在吃饭的小椅子上，面色从容，只是嘴角似乎有些歪斜，还挂着一堆白沫；再细看葛世民和袁龙梅的嘴角也都有些白沫。

卫青上前扶住女儿，感觉身体还有些温热，忙对众人道："哪位帮忙抬一下，快送医院。"邻居们都是思青一个单位的同事，有好几个男同志赶忙上前搭手，一群人七手八脚地抬着三个人往医院飞奔。桂生因为要照料几个孩子便没有跟着一起去。

桂生心里牵挂思青他们，想去医院看看吧，玉荣和辰辰早哭得乱了套了，尤其是辰辰，死拽着她不撒手，门口几个女邻居劝慰道：

"常厂长，你也别着急，着急也没用。"

"可能是食物中毒，洗个胃应该就没事了。"

"……"

桂生谢了众人，请各位先回家去，反正大家守在这儿也没用。众人于是陆续散去。桂生这才带了孩子进屋，先给辰辰洗漱好，小屁孩又哭又叫地折腾了半天，早就累坏了，一哄便睡着了。玉荣刚哭了一气，这会儿自己洗把脸开始写作业，国民见玉荣开始写作业想起自己的作业也没完成呢，便有些着急，开始催桂生回家，被桂生没好气地训了几句：“这么大个人，死眼皮子！没一点眼色啊？现在我能走吗？”国民挨了训，气呼呼道：“那我自己先回家了。”桂生便让他骑一辆车自己先回，国民还够不着自行车的脚踏，只能从大杠底下“掏小拐”，一扭一晃地自己骑回家去了。

桂生将桌上的碗筷收拾掉，越想越不对劲，便在家里四处看看，到思青的卧室里，只见床头柜上有个信封，拿起来一看，信封上并未写什么字，敞着口，里面有封信，桂生抽出信纸，只见上面写着一行字：“这一家人根本就不该出现在这个世界上！”每一笔都几乎划破了信纸。桂生大惊，赶紧冲到玉荣姐妹的小房间追问她最近家里有没有发生过什么特别的事情。玉荣想了想道：“最近倒是没什么特别的事情发生，不过几个月前倒是有。”于是玉荣将数月前的一幕一五一十地告诉了桂生，桂生听了如遭雷击，呆坐在床上好半天都缓不过神来，过了好久才缓缓问玉荣道：“这个话都还跟谁说过？”

“没谁。没和谁说过。”

“妈妈呢？你没告诉妈妈？”

“没有。”玉荣摇摇头，“我本来想说的，但是妈妈那几天正结扎呢，我看她自己也蛮痛苦的，所以就没说。后来时间长了，我就不敢说了。”

“好，没事了，你写作业吧。”桂生强压着内心的痛楚和愤怒，轻轻地帮玉荣关上小房间的门，坐在客厅的椅子上，只觉得身上冷一阵、热一阵，浑身都在颤抖，情不自禁地咬牙切齿道，“这个该死的畜生，死了活该，不死我也要活剥了他。”

第二十七回

流言蜚语 甥舅俩转学金陵
深情厚谊 田国华改换门庭

大半夜的时候卫青和一帮邻居全都耷拉着脑袋垂头丧气地回来了。桂生见他们回来了，忙问情形，卫青铁青着脸一言不发，直接进了屋；邻居们也都一脸的疲惫与哀痛，想劝慰桂生也不知道该说什么。什么都不需要说了，桂生一下子就全明白了；田思青一家三口无疑全都没了。在漫长而煎熬的等待过程中，桂生心里一直在不停地诅咒着葛世民，但这会子知道三个人真的全没了，突然就像是被人掏走了心肝，一下子就空了。她也懒得和邻居们客套，只是点点头表示谢意，便进屋了。邻居们也无不摇头叹息，大家谁也没说话，谁也不知道该说什么话，便都默默地无言俱各散去。

桂生进屋后同样不知道该和卫青说什么，也只得默默坐下。卫青连抽了三支烟，这才缓缓道："龙梅怀孕了。”桂生的平静反倒让他吃了一惊，“你知道？”

桂生点点头，将思青写的那封算是遗书的信递给卫青。卫青一看，瞪着桂生，说不出话来，桂生知道他想问自己还知道些什么，不等他问便将玉荣说的事大致说了一遍。

“我操他家祖宗十八代的，这个畜生，死一百次都嫌少。”卫青气得咬牙切齿，“唉！死吧！死吧！都死了好！死了干净！”

但毕竟是三条人命啊，警方不可能不介入，一番折腾下来，判定结果系自杀，龙梅怀孕的事情也不胫而走，对于具体的自杀原因警方也未能查明真相，桂生早就千叮咛万嘱咐了玉荣务必守口如瓶，把所有的事全都烂在肚子里；何况也并没有人想起来要仔细盘问玉荣什么事情。但是坊间还是传出了各种关于田思青一家三口的死因以及龙梅如何怀孕的版本。

袁平安接到通知赶来，想领走玉荣，无奈玉荣不肯跟他走，愤愤道：“我刚死了个后爹，再上你那儿去弄个后妈？”袁平安、卫青和桂生皆惊诧于玉荣语气、表情的冷酷和挑衅，只得任由她去。袁平安只好将女儿托付给卫青和桂生，独自返回苏州去了。玉荣禁不住学校同学甚至老师们的各种好奇的问讯，回家和桂生说了声自己不想上学了，第二天开始便自作主张不去学校了。国民在学校也遇到了同样的烦恼，见玉荣退学了，有样学样，他也不肯去上学了。这可真把卫青和桂生急坏了，两人对孩子是又打又骂、又哄又骗，但是两个小鬼是“吃了秤砣铁了心了”，就是不愿意再去学校了。

正当卫青和桂生一筹莫展之际，国华给家里寄来一封信，信中大概说了张立新已经平反，重新回到省委工作岗位，跟着他一起去了句容石山头五七干校的田国华自然也就跟着他一起回了南京，舞是肯定跳不了了，国华爱看书，自己挑了新华书店营业员的工作，女儿瑶瑶今年六岁，进了市机关幼儿园，现在一切安好。卫青和桂生看了来信，也算是放下了心中一块大石头。

桂生看完信，灵机一动，“要不让国民和玉荣到国华那儿去吧。”桂生对卫青道，“这俩小鬼也实在是在现在的学校没法再念书了，不如帮他们换个环境，也许会好一点。”卫青想了想道：“我看行。你给国华写封信，先跟她说一下。”桂生给国华写了封信，大致说了思青家里出的事，不过把葛世民和龙梅的事瞒下了。国华的回信很快便来了，说是已将国民和玉荣的事和张立新说了，张立新二话没说就答应帮国民和玉荣落实新学校的事，就等他们赶紧过来上学呢。桂生和卫青看了信都十分高兴，跟国民和玉荣一说，两个小鬼也挺高兴，事不宜迟，桂生和卫青请了两天假，凑着星期天，带着辰辰，将国民和玉荣送到南京。

见了张立新，身体状况虽大不如从前，但精神看着还挺好，又恢复了往日干劲十足的状态。倒是国华不但看着老了不少，外表完全一副村妇模样，手上也满是老茧。性格更是和从前判若两人，变得淡泊宁静。国华见卫青心疼地拉着自己的手，摸了好久都没说话，笑道："爹，我现在好着呢，方方面面都很好，你不用担心。"桂生和张立新谈起梅乐乐，张立新忍不住好几次拭去眼角的泪水。几个人直到聊到国华的女儿瑶瑶，才高兴起来，小姑娘生得粉妆玉琢，眉目如画，又能说会道，居然还会边唱边跳《白毛女》，十分讨人喜欢，和张立新亲得不得了，和卫青与桂生刚开始时不太亲近，不一会儿便也混熟了，还很懂事，主动领着辰辰到自己屋里去玩，让大人们好说话。

吃完晚饭，几个孩子都睡下了，桂生本来担心张立新身体不好，唠叨了半天肯定累了，于是打了个招呼让大家早点休息，有话明天再说；张立新却道："不急，还早着呢。"又叫国华续水。桂生捂着茶杯道："我可不喝了，待会睡不着。"又转脸对张立新道，"大表哥，不早了，十点多了，我们无所谓，你别再累着了。"

"我不碍事。"张立新道，"我有个事想和你们商量。"

"你说好了呀。"桂生道。

张立新顿了顿看着卫青和桂生道："我想让你们把国华过继给我。"

卫青和桂生一时间都不知道该如何应答。张立新道："这事不急，你们三个人商量商量再定。"想了想又补充道，"不要有所顾虑，这只是我的个人想法。其实过不过继的也不重要，反正国华和瑶瑶也整天在我眼面前。只是……只是我可能是真的老了，我……我很想有个人能叫我声爹。"桂生听他说得凄凉，又见他满头白发，也不由得心中一阵难过，但此事自己不便擅自做主，便扭头看卫青，她知道国华是卫青的心头肉；此刻卫青的心思其实和桂生也差不多，有心拒绝，可一想到张立新这大半辈子的各种坎坷，实在是难以启齿。几个人一下子陷入窘境，相对无语。

国华开口打破了僵局，笑道："爹、妈，本来我也整天和大表舅生活在一起，而且瑶瑶也一直叫大表舅公公，本来教她叫表舅公公，她嫌麻烦学不会就直接叫公公了，所以我觉得就算是把我过继给大表舅，也不过就是我多了个爹而已。何况我早就准备好要为大表舅养老送终的。"

桂生没敢表态，张立新看着卫青，卫青低头抽完手上的烟，抬头看着张立新道："刚刚我心里算了算，我们认识了整整五十年了，生生死死多少回，居然到了今天我们都还活着，真是不容易啊！"张立新凝神想了想道："真是呢！整整五十年！"卫青接着道："所以不单我女儿是你女儿，我儿子也是你儿子。从今天起，国华就叫张国华，两个儿子，国庆、国民随你挑。"张立新激动地连连抱拳道："谢谢、谢谢、谢谢，我只要国华足矣！"

卫青又道："不管怎样，你放心，等你百年以后，国庆、国民必须都为你披麻戴孝。"

"呸！"桂生啐道，"什么乱七八糟的！你会说话吗?！"

张立新笑道："你不用怪他，我知道他的意思。"

卫青也笑道："反正大表哥知道我的意思不就好了呀！"

国华笑道："我想了一下，以后爹我就叫你爹，大表舅呢我就学南京人叫'我爹'怎么样？"国华如今说一口纯正的南京话，"我爹"二字叫得流畅无比。

桂生笑道："我看行。给你大表舅磕个头，叫声爹，这事就算成了。"

"那不行。"张立新摆手道，"我白得个这么大的女儿，哪能这么草率，怎么也得摆一桌，请几个人来见证一下嘛。正好得宝他们也回来了，明天一早我让人通知他们，明天晚上我们一起到省委招待所。"又转脸对桂生道，"你和桂英也有些年没见面了吧？"

"是啊！"桂生轻轻叹了口气，"也不知他们怎么样了？"

"得宝如今在做劳保生意，干得还不错。"张立新道，"不过他儿子却没了。"

"啊？为什么？"桂生大惊。

"唉！下放苏北的时候在建筑工地上干活，从脚手架上摔下来，当时就没了。才二十四岁。明天见面也别再提这事了。"

桂生连连点头道："好好好，知道知道。结婚了没？"

"没有。"张立新道，"当时得宝是个'四类分子'，谁会嫁给他？"

几个人又聊了一会儿才各自回房休息。第二天晚上，张得宝带着常桂英一起来到省委招待所与张立新、田卫青、常桂生、张国华、田国民、袁玉荣、魏瑶瑶、葛辰辰几人会合，几个小屁孩只知道嬉笑玩耍，大人们全都热泪盈眶、感触万千。

回无锡的路上，卫青和桂生说了一路的陈年旧事。

第二十八回

半途而废　田国民恰逢裁军
壮志未酬　单玉田蛰伏辽西

一转眼七八年便过去了，玉荣大学没考上，非要跟着两个要好的女同学一起去北京，说是要当演员，卫青和桂生哪里拦得住她?！国民也十八岁了，那点聪明劲全都用在调皮捣蛋上了，学习一塌糊涂，还时不时地打个架、斗个殴；国华看他这学上得也实在是费劲，便写信同卫青和桂生商量了一番，决定送他当兵去。和张立新一说，张立新道："可以。男孩子，有必要送到部队里去打磨打磨。"卫青忆起自己当年在东北的各种浴血奋战，便让张立新想法将国民弄到东北部队去，于是体格强健、长相又英武的田国民在张立新的运作下顺利地成了陆军第三十九军军直警卫连的一名战士。

全家人都指望着他能通过部队的锻炼改头换面，卫青和张立新更是私下议论道："这小子就是匹野马，必须给他上个笼头。”

“我看这小子经过部队这个大熔炉锻造一番，没准真是块好钢呢！”张立新在电话里笑道，“你看见他那体格没？倒三角，很有几分我年轻时候的风采呢。”

“你就吹吧。”卫青笑道，“难道我年轻的时候就差了？！打海南那会……”

没想到田国民这兵刚当了一年多就遇上了百万大裁军，一下子被裁回了老家，卫青和桂生看他兵当了一半又回来了，整天在家东游西晃，正日夜忧虑怕他闯祸之际，单玉田寄来一封家书。信中说：自己如今承包了辽宁的一个乡村中学的校办木器厂，让家人放心，一切都好。还问了家中诸人的情况，桂生见信心中一动，对卫青道：“要不让国民到国安那儿去吧。”

“他那边具体什么情形还不知道呢。”卫青想了想，“要不哪天我请个假，带国民一起去看看去。”

“也行。”桂生道，“我先问问国民愿不愿意去吧，他要不愿意，去了也是瞎捣乱。又何必把国安他们闹得鸡犬不宁的呢？”

“妈了个巴子的，什么他愿意不愿意的，整天在家瞎晃悠，除了惹是生非还能干什么？不去我拿棍敲断他的腿。”

“好好好，你本事大。我知道了。”桂生敷衍卫青道。私下问了国民的意见，不料他一听高兴得不得了，他有不少战友都在辽宁，这一去正称了他的心意呢。

于是桂生按照来信上的寄信人地址写了封回信，信中说了国民的事，结果信却被退了回来，说是查无此人。桂生和卫青都十分诧异，又仔细看了国安的来信，信封上寄信人处赫然写着：辽宁省朝阳市淖泥洼乡淖泥洼中学木器加工厂——田缄；他们不知道田国安已经改名换姓好多年了，如今叫单玉田。单玉田给家里寄信在信封上特意写了“田缄”二字，因为在信中他没有告诉卫青他们自己改名换姓的事，信中三言两语又说不清楚，怕他们误会，因此想等日后见面再细细叙说。所以那小学校的门房见了“田国安”的名字便问也没问直接就退回给邮差了。邮差叫他问问，他自信满满道：“不用问。打从这学校开门第一天我就在这儿看大门，别说这小学校了，就是整个淖泥洼也没有我不认识的人——就是没有叫‘田国安’的。”邮差无奈，只得贴张“查无此人”了事。

收到退信的卫青和桂生却不由生出几分担忧，桂生是生产副厂长，一时走不开，因此两人商议决定由卫青带着国民一起去一趟东北。卫青曾在东北打过仗，也很想回东北看看还有没有哪个老战友还在。结果在吉林的四平转悠了两天，一个老战友也没遇到，当年那些人，活着的本就寥寥无几，即使还有命活到现在的，大多也都留在海南了，更多的则无迹可寻了。何况卫青本来的目的也并非寻找战友，所以也并未十分下力气寻找，因此打听了一番没什么结果也就放弃了。直接按照信封上的地址找到了辽宁朝阳的淖泥洼中学木器加工厂。

门房老头照例拦住，一番盘查，结论是“没这个人”。那卫青也是个倔脾气，不肯轻易放弃的，口袋里掏出一包烟，递给门房老头一根，又帮他点上，将剩下的烟放在门房的小桌上，门房老头眼角瞟见，心中舒坦，假装没看见。

卫青道：“老哥，你看我们一老一少这千里迢迢地跑来，正经不容易呢！你看我们也不可能是什么阶级敌人，你能不能让我们进去自己找找，要实在没有我也就死心了。”

国民焦躁道：“爹，跟他废什么话？我今天还就是要进去看看去，我看谁敢拦着？！”

“咋地？耍横哪？”门房老头顿时也火了。

卫青赶紧训斥儿子：“你给我一边儿待着去。”又对门房老头赔笑道，“老哥，行个方便。”

门房老头见国民的毛愣样心中其实已自怯了，作势想了想道：“得。我看你老哥也是个爽快人，我陪你进去找一圈，也好叫你死心。”

校办木器厂和教学区一墙之隔，就在教学区后面的一个院子里，单玉田正在木器加工车间里看工人干活呢。虽然单玉田苍老了许多，但卫青还是从窗口一眼就认出了他，高声叫道：“国安，国安。”单玉田闻声转头一看，竟然是老父亲站在窗外，不由得又惊又喜，连忙迎出车间，门房老头奇道：“哎呀妈呀，单厂长啊，你咋还叫田国安咧？”

单玉田敷衍道：“那是我小名。”又转向卫青道，“哎呀爹，你怎么找来的？快先回家。走。”又看见国民，“这是？”

“这是老三，国民。”卫青道。

“大哥。”国民高兴地叫道。

“好小子，长这么大了？！”单玉田看着比自己高出一个头顶的三弟，也是欣喜万分。

单玉田家就在木器加工厂旁边的院子里，一行人回到家，和单玉田的爱人文秀梅见了面，这文秀梅当年也是粮食系统一枝花呢，经历了几年大草原上的风吹日晒，再加上这几年生活在朝阳的山沟沟里，显得格外苍老。卫青问起两个孩子建设与和平，单玉田说全都在市里读师专呢，只有星期六晚上才回趟家。晚餐文秀梅做了个东北火锅，卫青吃了连连称赞："好久没吃东北菜了，秀梅做得还真有东北味！"饭桌上单玉田把这些年所经历的比较重要的事情以及自己改名换姓的事和卫青详详细细地说了，卫青也把思青一家的事跟单玉田说了一遍，只是把龙梅与葛世民的事瞒下了，最后说了国民的事；单玉田听了大喜道："太好了！我正愁没个帮手呢！"

"你给我看住他了。"卫青道，"不听你的，就给我揍。"

"好！不听话我就往死揍。"单玉田拿手指点着田国民笑道，"这小子，这体格，肯定是个好帮手。"

一家人说说笑笑，吃完晚饭，卫青想打个电话跟桂生说一下这边的情况，免得她牵挂，单玉田说只有校长室有电话，这会子都下班了，只好等明天。

第二天一早，单玉田带着田卫青来到校长室，刘胜利正是这个学校的校长，当年在海拉尔单玉田曾将家里的情况和刘胜利说起过，因此刘胜利见了卫青甚是热情，几人客气一番后，卫青用刘胜利办公室的电话给桂生挂了个电话，电话接通，卫青还没来得及说话，电话那头的桂生已滔滔不绝地嚷了起来："哎呀，亏得你打电话回来，我还正想呢，这怎么一去影无踪了？到底是找到还是没找到呀？我正愁着没法跟你联系呢，你快回来吧，大姐没了。"

卫青撂下电话便与刘胜利作别，刘胜利本来想留卫青多住几天好细聊，但见卫青家中有事也就不便挽留了。卫青和单玉田商量了一下，决定当天就走。文秀梅临时急急忙忙准备了一大包东北的蘑菇干、黑木耳等特产让卫青带上，单玉田开了辆新买的部队淘汰下来的大吉普将卫青送到市里的车站旅社，准备赶第二天的火车，第一天的班次早就没了，文秀梅和田国民也跟着一起来了，文秀梅顺便来看看在市里上学的两个孩子，田国民跟来一则送送父亲，二则趁便进城逛逛。

一行人安顿好住处，田卫青和儿子国民一个房间，单玉田夫妇一个房间；文秀梅便和田国民一起去学校找单建设和单和平，单玉田则领着田卫青在朝阳市里到处逛逛。单玉田和文秀梅约好下午五点半在他们常去的一家饭店碰头。

单玉田一路上给田卫青指点路边的建筑，城市不大，两人很快就把贯穿小城南北、东西的两条街走完了，卫青叹了口气道：“国安，我看过两年你们还是回家吧，这地方太穷了。”

“爹，你别光看表面现象，我还没得空带你去山上看呢。”单玉田笑道，“那你要是到了山上看了，那可就更荒了。哪像我们那儿的山，青山绿水的，这儿都是些荒山秃岭，可是它们下面可都埋着宝哪！”

“是吗？都有什么呀？早些年我在这儿打仗那会听说这儿有铁矿和煤矿，都是小日本开的，现在还有吗？”

“当然有。不单有铁矿和煤矿，还有镍矿、金矿、石棉矿和硅灰石矿、锰矿，遍地都是宝呢！”

“怎么？你想做矿啊？”

“嗯。”单玉田点点头，“想啊，只是还没找着门路呢。”说着回头看了看卫青微微一笑道，“不过爹你放心，只要功夫深，铁杵磨成针。”

卫青转脸望着单玉田点点头，微笑道：“你小子，行！”说着用力拍了单玉田肩膀一下，一股暖流涌上单玉田的心头，他看着卫青道：“爹你放心，我肯定能混出个人样来。将来……”卫青一扬手打断了他的话，笑眯眯道：“将来的事，将来再说吧，国民就交给你了。”

卫青回到家时，淮阴老家的哥哥嫂子、侄儿、侄女们也早都接到桂生的通知，全都赶到了无锡。田卫兰家原先的大宅院经历了各种运动，早就不是她的了，“文革”结束后倒是也有不少人都落实了政策，房产等也有所归还，但田卫兰的房子却一直被房管所占着做办公室，她自己也并不想要回来。她是真想开了，什么房子、票子，她是真的都无所谓了。房管所便象征性地赔了点钱给她，因此她便一直在中国饭店附近的小巷子里的房管所补偿的两间屋子里独居，平时除了出门买买菜，几乎天天关着门，轻易不和邻居往来，实在碰了对面才勉强点点头，和卫青他们也很少来往；一年四季还是只穿一身黑色的衣服，只是头上少了那朵红绒花，整个人都像遭了霜打的茄子一般，不知不觉地便萎缩了，人似乎也比年轻的时候矮了一大截，每天蹑手蹑脚地进进出出，如同一只老鼠，最终无声无息地死在了自己的洞里。几天后才因为门口好事的邻居老太太感觉有两天没见她露面了，跑过去敲门才发现人早硬了；这才赶紧报了警又通知了桂生。

等卫青赶到家，正好头七，亏得是腊月天，尸体还停在家里，灵堂便设在卫兰自己的屋里，卫青见了姐姐最后一面，免不了抚棺落泪，安葬了事。两个哥哥和侄儿叫了辆车，卫青让他们将卫兰留下的东西能搬的全都搬回老家去了，两间小房子搬不了，只好留给了卫青。

第二十九回

陈规陋习　光棍汉难以娶亲
穷乡僻壤　田连城嫁妹易妻

卫青的哥哥们得了卫兰的一份家私回到家乡，又做了一次分割，卫兰私藏的银圆容易分，点个数，一家一半即可；实物之类分割起来两个嫂子和侄儿难免闹了些意见，倒是也无关大碍，最后无非是要床的不要桌椅，要橱柜的就不拿梳妆台；总算是皆大欢喜。正好两家的小儿子也都早过了婚嫁年龄，近几年乡下时兴过彩礼，卫青的俩哥哥正在犯愁，恰好就得了这么一笔外财，兄弟二人喜滋滋地带着银圆到城里银行换成了现金纸币，原以为这是一笔巨款呢，谁想一百多块银圆一共才换了两千来块钱，离女方的要求还远着呢。

如今的彩礼钱是水涨船高，尤其是老大家定下的李家姑娘还是个双眼皮，得额外加一百块钱。兄弟俩只好垂头丧气地回家另外想办法。所幸两家都有个未出门的女儿，虽说小了点，可也都满了十八岁了，只好用她们来为哥哥们换亲了。此举也正合双方亲家心意，本来要彩礼也是为了给儿子娶媳妇，现在决定换亲，亲上加亲，更好。为了防止互换可能导致的下一代的各种问题，几家人计议了一番，决定转着圈子换，保险一点：老大的女儿嫁给张家的儿子，儿子则娶了李家的姑娘；老二的女儿嫁给了李家的儿子，儿子则娶了张家的女儿。

四家人家同时嫁娶，热闹非凡，卫青和桂生接到喜讯也赶来祝贺。正好瑶瑶放寒假回无锡看望舅公、舅婆，卫青和桂生便带了她和辰辰一起都到苏北出礼。两个在都市里长大的孩子完全看傻了眼，他们再没想到居然还有这么贫穷落后的地方；土墙盖瓦已经是不错的家庭条件了，电线还没有拉进村，像田家这样自己家里备有大油桶盛煤油的，那都是绝对的富户了！大多数村民都是拿个空酒瓶子或是医院里打点滴用过的盐水瓶子之类的现用现买现灌的，更别说家里还有几件像模像样的雕花家具了，尽管这些家具都是卫兰的遗物，可那又有什么关系呢?！十七岁的瑶瑶更没想到这种只有在文学作品里才能看到的换亲行为居然活生生地出现在自己眼前；两个小姨全都哭肿了双眼，悲悲切切地上了车。

张家和李家都跟田家一样，因为不用过彩礼了，手上便有了些活钱，于是几家商量了一下，托李家在城里五金公司上班的亲戚帮忙，分别给各家的儿子买了辆大桥牌二八自行车，迎亲时便都用了这崭新的自行车；而且几家姑娘都替自己兄弟精心装饰了车子，龙头上绑了朵大红花，两个车把上都戴了大红毛线织的把手套，鞍座上也用五彩毛线织了座套，车架、前叉、后叉都用彩色塑料条捆扎密实，后座上都垫着一色的红底黄花的小毛毯。

四个新郎推着崭新的花哨无比的自行车；无论年纪大小全都喜笑颜开、精神焕发。村里人看了也无不啧啧赞叹。

好不容易打发走了闹洞房的人，一家人累了一天，全都筋疲力尽，卫青和桂生、瑶瑶、辰辰也都说笑着正打算洗漱歇息，却听外面一阵吵嚷，几人赶紧出门看，原来老大家的新娘子李腊梅不见了。老二家除了一对新人外也全都闻讯而来，众人慌作一团，忙问老大家的小儿子连城到底怎么回事，这小子已彻底蒙了，结结巴巴道：“我也不知道啊！我送完客人，顺便到屋后尿了泡尿，回来人就没了。开始我还以为她躲起来了，结果床底下、柜子里我全找了，哪块都没得人呢。”

卫青道：“先别慌，先找找再说。”众人点了火把、蜡烛、煤油灯在房前屋后四处寻找，结果在一垛大草堆里找到了新娘子。桂生看着缩成一团，瑟瑟发抖的侄儿媳妇，不知怎么地，脑海里就浮现出当年那几个死里逃生的日本女人，如今她们都早已作了古；桂生心头一热，差点上前呵斥众人放了那新娘子；身边的大嫂子拉了拉她的胳膊道：“桂生，你会说，你劝劝她呗。”

“我又不知道头和脚，怎么劝呀！”桂生道，“她是不是不愿意啊？”

“那怎么办哪？”大嫂子急了，“腊梅呀，你要不愿意你早说啊，你现在跑出来算哪一出呢？”大嫂子指着新娘子道，“你还没进家门我家老丫头就出门了，你们这是闹洞房闹太凶了，才这么晚睡觉，那你现在说不愿意你这不是坑人吗？”那李腊梅也不回嘴，只是哀哀地哭，众人连抱带拖好不容易才将她弄进新房，新郎官呆立一旁也不知如何是好。众人又七嘴八舌连哄带骗终于哄得李腊梅开了口，原来是嫌新郎太老。大嫂子立刻嚷道：“瞎嚼蛆哪，我们连城虚岁才二十八，哪块就老了？”

“我虚岁才十六呢！”李腊梅忍不住争辩道，“我不想结婚。”

“啊呀！那你爹妈侃空呢！说你十九了。”大嫂子闻言两手一拍大腿埋怨道，“那你怪不得我们，我老丫头也才十八呀！”大嫂子说着不禁想起哭红了两眼的女儿，又是伤心又是气恼，忍不住往地上一坐，两手拍地号哭起来，“我可怜的老丫头啊，现在肯定是收不回来了，你家这是骗人哪！遭雷劈的啊！赔钱！赔钱！你要是不情愿你家就赔钱！”

“多少钱？”李腊梅嗫嚅道。

“那我就不知道了。”大嫂子“呼啦”一下从地上站起来，撩起衣襟抹掉脸上的眼泪鼻涕抱起两个胳膊，抖动着一条腿，歪着脑袋，两眼并不看李腊梅，而是斜眼望着帐檐，“那要看我们连城再说的女方家要多少彩礼了，反正我们是一抵一换的，你们家必须还我个儿媳妇。”

李腊梅顿时哑口无言。众人见状又纷纷劝解了一番，看新娘子渐渐平静下来，众人也就散去了，留下一对新人，窘了一会儿，田连城眼看着天都快亮了，心里着急，只好主动上前对新娘子道：“你放心，我肯定对你好。”见新娘子没什么反应，便索性大着胆子走到床前拉她，他这一拉李腊梅也就站了起来，只是始终垂着头，并不看他。田连城便伸手解她衣扣，她也并不反抗，田连城心中大喜，趁势便将她剥了个精光，一把抱进被窝。

第二天一早，众人担了半夜的心，全都早早便起了床，听新房里静悄悄，这才放下心来。本来照规矩，新娘子该起床做早饭侍奉公婆，但经了昨夜那一通折腾，田老大一家哪里还敢挑她的理？由他们睡到日上三竿才起。卫青和桂生他们早已进城赶车去了，大嫂子当婆婆的反倒做好了糖水鸡蛋，小心翼翼地敲门喊醒一对新人吃早点；那田连城初尝人事，身强体壮，不知疲倦，新娘子年幼竟被折腾得起不来床了，田连城便让母亲将点心端过来，在房门口接了进去，端至床边，喂着吃了。这一宠开了头，想收可就不容易了。到后来这李腊梅竟打公骂婆无所不至。

且说卫青与桂生回到家不久竟收到桂联通知儿子结婚的喜讯，二人大惊，桂联家的大儿子早就结婚生子了，后面接连生了五个女儿才又得了一个儿子，宝贝得上了头，染上花柳病早就死了，哪里来的儿子要结婚呢？

第三十回

举步维艰　常启霞招夫养子
丰衣足食　常启禄缔结阴亲

卫青和桂生满心疑惑地来到雪堰桥。他们是和桂联的大儿子常启福巧遇，坐一趟车回来的，如今从市里有大巴直达雪堰桥，交通极其便利。桂联的大儿子常启福原先是太湖饭店的厨师，攒了点钱和客户，自立门户，夫妻俩在太湖边上开了个小饭馆，菜肴颇有特色，生意倒也不错，还雇了两个人，正筹备着要弄个大点的店面呢，接到家里的通知也是满腹狐疑，留下老婆看店匆匆赶了回来。五个女儿一个带一个全都嫁到了华西村，这会子五朵金花一个不少，连同女婿一起也都被召了回来。

昔日的常家大院早已荡然无存，取而代之的是一排排齐整整的清一色的二层小洋楼，如今的雪堰桥可真是改头换面了，只可惜绝大多数都是些空壳子，除了家里正好有儿子结婚或是打算结婚才会布置出一间新房来，否则屋内大多空空如也，依然是往日所用的几件旧家什，了不起铺个廉价的瓷砖，即便是新房也基本上都是铺的塑料地板革。

桂生和卫青进了桂联的堂屋，见常启霞居然也在，不禁喜出望外；马小军早在土改期间就被整死了，常启霞一个女人拖着四个孩子实在艰难，桂联虽和她近在咫尺，但那时候一堆孩子都还小，自顾尚且不暇，又哪有余力去关照她和孩子?！桂生虽也偶尔接济，自己家里大事小情一桩接一桩，也是难以周全。也是机缘巧合，有个山东济南的客商，不知怎的就迷路撞到了当年住在水围边上的常启霞，一眼相中，启霞于是对外宣称自己招夫养子，留下了这山东客，还和他生了个女儿，给这女儿起名常雨烟，再不承想这常雨烟竟是个天生的小学霸，一路读到北京大学外语系，嫁了个外交官，随夫驻外，成了大使夫人，一封信就把父母双亲接到北京享福去了。后来又把马子轩、马子廷、马子楠、马子萍兄弟姐妹四人陆续皆弄到了北京城，如今都在北京城里安了家、落了户。只可惜那位山东客进京不久便病逝了。

雨烟夫妇很少在家，常启霞日常跟着雨烟一家过日子，雨烟夫妇驻外，拿着双份的工资，国内的一份便交由启霞保管，帮着他们看家、带孩子。雨烟的两个女儿也都从北京外国语大学毕业了，现在也都在外交部工作。现如今这常启霞可真是开始享清福了。

这回桂联连她离得这么远也邀来了，这动静还真弄得不小。

众人叙完旧，这才开始说主题，桂生便问桂联到底怎么个意思？桂联郑重其事地宣布小儿子常启禄要结婚了。众人一时都转不过弯来，桂生担忧道："桂联你搞什么鬼？启禄不是……你没事吧？"

"我没事。大姐。"桂联笑道，"你们该不会以为我疯了吧？"桂联叹了口气道，"启禄没了，我是伤心难过了好一阵子，但现在我是缓过来了。所以这才想起该给他张罗一门亲事。他生前好这个，死后叫他一个人在那世里待着，他不得难过死啊！"

众人闻言皆瞠目结舌，桂生道："你这和疯了有什么区别?！"

"是啊！爹，怎么被你想出来的?！"启福也摇头道。

五个女儿也是七嘴八舌："爹啊，你可真是想一出是一出啊！”

“爹啊，是不是我们平时给你的钱太多了，你没处用啊！”

“妈你也不管管他，就随他想干什么就干什么吗？”

“……”

桂联媳妇，当年的那位洪大姑娘，如今是心宽体胖，五短身材几乎成了个球，见女儿们抱怨自己，连连叫屈道：“你们爹的脾气你们还不知道？三棍打不出一个屁来，他啥辰光做事情和我商量过？”

“都别吵了。”桂联道，“骨灰我都买回来了，后天清明，今夜就是正日子，一会儿道士们就来了，我不给启禄成个亲我寝食难安。你们谁要是拦我就把我烧了下去陪他。你们一个个小日子过着，全不管启禄他孤零零一个人待在下头。”

众人一听这话知道是绝对拦不住的了，也就不再作声，由他自己一个人张罗去了。其他人只当是聚会一回，摆了两桌麻将，卫青退休后时常和门口的邻居们打打小麻将，桂生退休后被厂里返聘了几年，接着做她的生产副厂长，前年年底才算是正式地退了休，待在家里她自己闲不住，便时常支使卫青干这干那的，卫青索性将她也教会了，戏称防止老年痴呆。这会儿卫青、桂生、启霞、桂联媳妇一桌，老二、老三、老四、老五，四个女婿一桌，大姑娘夫妇以及二、三、四、五几个姑娘和启福在旁边相眼、端茶倒水，桂联一个人忙着整理道士们关照的物件，大姑娘看不过便也过去帮忙，其他人打了两圈见道士们陆续来了，大家便收了场看热闹。

只见一个老道士带着两个小道童和一个中年道士有条不紊地布置着“婚礼现场”：用一块黄绸布蒙在一楼客厅迎门处的八仙桌上，桌上放着常启禄的牌位和照片以及买来的骨灰盒和死者的照片，照片上的女孩瘦瘦的，眼睛很大，看着年龄和启禄倒是很相仿，骨灰盒旁立着她的牌位，上面写着小姑娘的名字——秦小曼，以及她的生辰八字。桌子两边的椅子也用黄绸布蒙了，桌上几个果盘里分别盛着红枣、花生、桂圆和莲子。一个小道童在桌上铺开一张黄表纸，将磨好的朱砂和毛笔递给老道。那老道学着港台鬼片里的样子一边念念有词，一边提笔蘸了朱砂在黄表纸上一番涂抹，画了一堆谁也看不懂的符号。另一个小道童又递上一个红纸包，里面包的是从常启禄的棺材头上钉着的铁钉上刮下来的铁锈。当小道童将铁锈倒入碗中后，早已抱着一只红冠绿尾黄脚的公鸡的中年道士将鸡头向后一拉，连着鸡翅膀一把握住，将鸡脖子上的毛三下两下薅净，小刀子只轻轻一下便将公鸡的气管割开，往碗边一凑，那鸡血便全都流进碗里。待鸡血流了差不多一碗了，中年道士将鸡往门外空中一扔，那断了气管的公鸡，耷拉着脑袋满院里挣扎，鸡血溅了一地。那老道士神情淡定地跨出门，站在院子中间，拿个拂尘一边朝四面八方挥洒了一通，一边大声唱喝道：

咄！

姜太公在此！

百无禁忌！

前朱雀，

后玄武，

左青龙，

右白虎，

月老坐当中。

常启禄，

秦小曼，

明月当头照，

良辰已来到！

千里姻缘一线牵，

阴阳两界好婚姻！

急急如律令！

念罢，拿拂尘往小道士举着的画好符咒的黄表纸上轻轻扫了一下，放下拂尘，点燃黄表纸，将纸灰统统放入盛着鸡血和钉锈的碗里，整个过程一气呵成，相当熟练。

老道士让桂联夫妇分别坐到八仙桌两侧的椅子上，桂联依言坐好，桂联媳妇显然心里有些打怵，犹豫了一下看桂联瞪着自己，只好不情不愿地半坐在桌旁。老道士捧起女孩的骨灰盒和照片问常桂联：“谁捧？”

常桂联看了看五个女儿，个个往后缩，气得指着大姑娘道：“启春，你来捧。”

大姑娘常启春吓得连连摇头：“我才不呢。”

其他四个姑娘一旁看着“哧哧”地笑，一看常桂联看向自己全都忙不迭地摇头，卫青、桂生和启霞看了也忍不住笑了起来。那老道不禁有些羞愤，气得转脸对常桂联怒道：“你们家怎么回事儿？到底还结不结了？”

常桂联脸上便有些挂不住了，只好对大女儿发火道：“你个当老大的，一点样儿没有，怎么？要我给你们跪下来求你们不成？”

大姑娘常启春转头看看丈夫，当着这么多人，大姑爷也不好表态，常启春只好上前一步捧过骨灰盒。老道又捧过常启禄的遗照看着常桂联，常桂联对儿子常启福道：“启福，你就帮帮你弟弟吧。”常启福看着老父亲浑浊的满含祈求的目光，只得把到了嘴边的话又咽了回去，上前捧过弟弟的遗照。

于是常启福和常启春分别捧着两张遗照拜了天地，一行人跟着几个道士捧着遗照、骨灰盒、鸡血来到墓地，将常启禄的坟挖开，把女孩的骨灰盒放了进去后重新填上土，又将那碗鸡血洒到坟头上，算是大功告成。

桂联满意地叹了口气道：“唉！启禄啊，这下你就有个伴了，千万好好过日子，别再瞎混了。”又转身对众人道，“过两天清明就把新碑给立上，我都做好了。”

第三十一回

血气方刚　魏瑶瑶误入学潮
似懂非懂　葛辰辰迷恋外媒

桂生和卫青参加完了常启禄的“婚礼”，回程路上，不禁感慨改革开放这几年江南江北的差距是越来越大了，田家兄弟们为活人娶亲都尚且需用女儿去换，常桂联却已经有闲钱给死人娶媳妇了。

桂生夫妇回城不久，瑶瑶竟来了，还带了个小姑娘一起，卫青高兴地忙着要去菜场买菜，瑶瑶道：“舅公，你不要忙了，我们一会就走，行李放在这儿。”

“哎，瑶瑶啊，学校现在放什么假呀？”桂生奇道。

“不是放假，是罢课了。”瑶瑶道。

“罢课？”卫青道，“现在还有人罢课？”

“好多高校都罢课了。我们学校也罢课了，她是我们系的学生会主席，这次到无锡来就是指导无锡学生示威游行的。”瑶瑶指着她的小同伴无限骄傲地说，“跟你们说了你们也不懂的。我们等一会就走了，你们也不用忙饭，我们不在家吃饭。”

“为什么啊？”桂生道，“你们不好好念书，瞎折腾什么呢？”

“你们知道吗？胡耀邦逝世了。”

“知道呀，电视新闻都播了呀！关你们什么事呢？”

“哎呀舅婆，你就别啰唆了，说了你也不懂的。”瑶瑶不耐烦地关上房门，和那女同学俩人在屋里鼓捣了一阵子，拖了个行李箱出来，“舅公、舅婆，我们走了。晚上不用等我们，我们的事还不一定什么时候结束呢。”说完两个小姑娘一路叽叽喳喳地说笑着便走了。

“我怎么觉得有点不对劲呢！”桂生道，“这才过了几年安生日子，怎么又有学生闹事呢？这些年但凡有事必是那些学生们先闹腾起来，这回到底又折腾什么呢？”

“不知道。”卫青摇摇头，“要不我们看看去？”

“上哪儿找她们去？”

“我俩骑车，她们拖个行李箱走不远。”

“行。快点。”

两人虽已年过七十，但行动一点儿也不龙钟，卫青骑了车带上桂生不一会儿果然看见瑶瑶她们两个拖着行李箱走在前面不远处。卫青和桂生便下了车，推着自行车不远不近地跟着瑶瑶她们，两个小姑娘没心没肺地在前头走着，根本没觉察到有人跟在后头。两人直奔南门妙光塔。广场前早已聚集了一大群学生，瑶瑶她们蹲在广场边上打开了行李箱，从箱子里拿出两根白布条一人一根扎到脑门子上，卫青远远看见布条上用黑墨写着两个大字“北京”。两个小姑娘又拿出两个黑色的袖章套在胳膊上，又从箱子里拖出一条长长的横幅，折了几折，瑶瑶捧在手上，跟在那女同学身后，两张稚嫩的脸庞上刻意地堆起严肃的表情走向人群。她们刚一靠近人群就有人发现了她们，人群中立刻就有人欢呼起来：“北京来人了！”

卫青和桂生远远地看着，桂生想要走近一点，卫青道：“算了，都是这个年龄过来的，由她去吧。就算你这会子去拉她，能拉得回家吗？”桂生想想也是，只好叹息道：“唉！但愿别闯什么祸就好。”两人回到家，赶紧打开电视看新闻，倒是也没看见什么要紧的报道，胡乱吃了点东西二人便休息了。第二天一早，两人起床，见瑶瑶果然一夜未归，难免又不放心，决定还是再出去看看去。

桂生道：“要不还去妙光塔那边看看？不知道还在不在那儿了？”两人推着自行车出了门，不料刚到大路上，就走不动了；满大街的学生，或坐或站，还有躺着的，将整条人民路全都堵得严严实实。卫青和桂生只好将车子锁在旁边的巷子里，步行着往人民桥方向走，越走越难走，哪里去找魏瑶瑶？！

忽听一阵吵嚷：“快快快，闪开，闪开。”就见本来挤得连脚都插不下的人群呼啦啦地便让出一条宽阔的通道，远远地就看见一群学生簇拥着几名成年人从人民桥上走下来，为首的一个男人手里捧着一张周总理的遗像，一群人面色凝重地走到人民广场中间的花坛边，放起了哀乐，有人站到花坛边上开始演讲。

人群开始往花坛前推拥，卫青和桂生被人流裹挟着跟着往前走，桂生自语道：“周总理不是都逝世好多年了吗？”卫青突然一阵眩晕，赶紧一把抓住身边桂生的胳膊，桂生扭头见卫青脸色苍白，慌忙向周围的人求救，周围的年轻人窃窃私语道：“这么大岁数还来凑热闹！”还有人大声笑着调侃道：“爷叔，这也不是你玩的地方啊！”有几个年轻人帮忙将卫青背起送到附近的医院，检查完倒是无甚大碍，不过是年纪大了，天气太热，人群里空气又不新鲜，胸闷所致。

卫青苏醒过来，又在医院里观察了两天才敢出院回家。

回到家，就见辰辰聚了一堆同学窝在房间里听半导体呢。葛世民的父母早就不在了，几个兄弟姐妹家里条件也不太好，当然关键是都不愿意养闲人，所以辰辰就一直都跟着卫青和桂生一起生活，一转眼也十五岁了；见卫青和桂生回来了，辰辰赶紧出来问道："舅公，你这么快都回来了？"说着心虚地反手带上房门，"我还想吃完午饭去医院看看你呢！"桂生伸头向厨房里张了张，见厨房里一片狼藉，便问道："我这两天没回来，你都吃什么了？"

"面条。"辰辰笑道，"放心，饿不死我，我自己会下面条。"

卫青走到桌旁坐下，抬腕看了看手表："这个点你怎么在家？没上学吗？"

"舅公，"辰辰坐到卫青对面，伸过脑袋神秘兮兮地说道，"你知道吗？出大事了，大学生们都罢课了。"

"大学生罢课关你屁事啊？你老老实实上你的课，

不然仔细你的皮。”卫青指着房门道，“里边那伙都是打算跟你一起逃课的呗？”

“舅公，是罢课，不是逃课。”

桂生伸手推开房门，屋里有五六个和辰辰一般大的半大小伙子，正围在小书桌前听收音机，一见桂生进来，吓得都站了起来，收音机里恰好在说：“欢迎您收听英国BBC国际广播电台，下次节目再见。”桂生上前关掉收音机，训斥道：“赶紧都回家去。”几个小男孩慌忙拎着书包溜了出去，桂生跟在后面叫道：“再让我看见你们就上你们家去找你们爸爸妈妈去。”几个孩子应声一溜烟跑了。

桂生打发走了几个小屁孩，赶忙给国华打了个电话，说了这几天的事，当天晚上国华便赶了过来，几个人商量了一番也并不知道该去哪里找瑶瑶。还好第二天瑶瑶自己一个人垂头丧气地回来了，进门见了国华倒也并不吃惊，估计就是舅公、舅婆叫来的；问她这几天去哪了，说是一直在轻工大学待着呢，问她一起的小姑娘呢？说是几个领头的都被公安带走了。再问别的便只说是困了，想睡觉。

卫青等人打听得北京正闹得凶呢，待瑶瑶睡足吃饱，国华便带她先回南京去了，看在家里，不让出门，直到学校通知复课这才亲自将她送到北京，送进宿舍，又帮她铺好床铺，见了舍友，正好遇到另外几个同样是送孩子返校的家长，互相交换了通信方式，这才放心离开。

瑶瑶大学毕业后，死活不肯留在国内，国华和张立新很费了一番周折，才把她弄到法国读研究生去了。

第三十二回

喜获美差　单玉兰昙花一现
不幸下岗　田国庆一蹶不振

暂且不说魏瑶瑶这一去法国，书倒没读出什么名堂，却替卫青和桂生了却了一桩心事——促成了田国民的一段佳缘；那田国民与单玉田在东北这几年已然是辽西商界声名显赫的人物了，田国民更是作为“全国各族青年团结进步先进个人”受到了党和国家最高领导人的接见，得了一大堆荣誉头衔，少年得志，婚姻上难免就眼高于顶，一直蹉跎着，故而虽然多次要接卫青与桂生去东北享福，两位老人哪里肯去？桂生道：“什么时候结了婚了，什么时候再来接我们，现在免谈，眼不见心不烦。”

且回过头来说说那位自以为一步登天、跳出农门的单玉兰，自从进了田国庆他们单位的食堂做厨娘，才感觉生活真正地安稳下来。每天都早早便到了班上，晚上打扫完厨房才最后一个离开食堂，唯恐大师傅们挑出什么毛病来。然而大师傅们还是开始挑毛病了，嫌她来得太早是因为做事太慢；走得太迟，点灯熬油的纯属浪费。单玉兰是个聪明人，一开始挨训的时候有点发蒙，很快便悟出了道道：原来食堂里几个师傅无一例外，轮到谁负责采买全都会偷食材回家，她从早到晚地耗在食堂里的确是碍事，但她又不敢不这么拼命地做事，那岂不是更容易被踢出局吗？于是她便将此事回家唠叨给田国庆听，田国庆这几年搞基建，也早已不是当年那个愣头青了，听了单玉兰的诉说笑道：“明天下班你也随便带点什么回来，而且一定要让他们看见，以后保证就没人再挑你的毛病了。”

单玉兰听了半信半疑，第二天快下班的时候，照例在后厨擦桌子、拖地、搞卫生，但是眼睛却往放食材的橱柜里瞟，一颗心“嘣嘣嘣”，仿佛要跳出胸腔；不远处有个厨子也正心不在焉地收拾着案板，眼睛不时地瞟瞟单玉兰。单玉兰吓得赶紧把地拖拖好，解下围裙、护袖打算回家；那厨子却喊住她：“小单，来，这个给你。”说着递过来一块熟牛肉，有一斤来重的样子，“带回去给孩子吃。”单玉兰吓得愣在那里，那厨子笑道，“愣着干吗？拿着呀！靠山吃山，靠水吃水，都是公家的，你不拿别人也会拿。再说，就你一个人不拿，你这是脱离群众呀！”单玉兰听他这么说，吓得忙伸手接过牛肉。那厨子这才咧嘴笑了。将早已藏在一边的肉、菜等取了出来，拿围裙一裹，对单玉兰笑道，“小单，我家里有事，先走了。”

单玉兰学着那厨子的样，也拿围裙裹了肉，慌慌张张往厂门口走；一路上只觉得满厂区的人都在看着自己。走到大门口的传达室门口，一眼瞥见门卫老张像往常一样拿了把竹椅坐在门口，脚边放着个搪瓷杯，嘴里哼哼唧唧地唱着《十八相送》；单玉兰恨不得自己变成个隐身人才好，不料老张却老远便看见了她，大声道：“小单啊，又是最后一个走啊！”单玉兰强笑道：“是啊，张师傅今晚该你值班啊？”单玉兰一边说一边加快步伐，她觉得自己浑身都在颤抖，笑的时候连嘴唇都在哆嗦。

“是啊，这个礼拜都是我值班。”老张漫不经心地应了句，接着哼他的“小九妹”。

单玉兰刚一进家属区，就陆陆续续地遇到单位的同事，纷纷和她打招呼：

“下班啦，玉兰。”

“今天回来得晚嘛，小单。”

“……”

单玉兰觉得自己从来下班就没遇到过什么熟人，怎么今天这些人这个点都不在家做饭或者吃饭呀？！家属区这条主干道好长啊！好不容易走到自己家所在的最后一排宿舍，单玉兰松了一口气，谁知刚转过弯迎面碰上出门倒垃圾的邻居孙小花，“哟，才回来呀，玉兰。”孙小花道，“拿什么东西啊？”单玉兰的脸一下子红了，脑袋一热，不知如何是好，孙小花接着道，“围裙啊？带回来洗啊？”一边说一边自顾往大路边上的垃圾箱处走。单玉兰蚊子哼哼似的应了声：“嗯。”急忙三步并作两步跨回自己家，迎门的饭桌上放着一壶凉茶，单玉兰拿起壶，也不用杯子，对着壶嘴“咕咚咕咚”一通猛灌，把一壶凉茶喝得一滴不剩。

坐在桌旁写作业的两个孩子瞪大眼睛看着母亲，一脸诧异。

单玉兰一壶凉茶灌下去，定了不少神：“看什么？赶紧写作业。”一边往后面的厨房走一边问道，“你爸呢？”

“还没回来呢！”两个孩子齐刷刷地答道。

单玉兰进了厨房才敢把围裙打开，取出里面包着的熟牛肉，放在砧板上，拿起刀想切，又怕吃饭的时候万一有邻居来串门，看见了问起来怎么办？便又将牛肉收到碗橱里。儿子小清跑进厨房哭腔哭调地嚷道：“妈，什么时候才能吃饭呀？我都快饿死了！”单玉兰取出牛肉切了一块道：“张嘴。”小清张大嘴，单玉兰将肉塞到儿子嘴里，小清嚼了两口喜道：“是肉？！妈妈，哪来的肉呀？”

“好不好吃？”单玉兰笑道。

“嗯嗯嗯。”小清使劲地点着头，“好吃。真好吃。我还要吃。”

单玉兰又切了一块肉塞到儿子嘴里：“去。喊姐姐也来吃一块。”

小清嘴里含着肉，呜噜呜噜地叫道：“姐姐，姐姐，快来吃肉。”

牛肉真香！价钱真贵！平时单玉兰哪里舍得买它？！即使偶尔买了，也不过是买个一小块，切得薄薄的，和青菜、白菜之类的一起烧。今天这么大块吃肉的幸福感在两个孩子的记忆中几乎从未有过！

不过这只是个开始，今后很长的一段时期里他们都处于类似的幸福之中。尤其是自从食堂那几个大厨因为各自贪心太重，胆子越来越大，被财务发现以后，取消了他们的采购权，改派在领导眼里老实巴交、谨小慎微的单玉兰专门负责采买后，单玉兰的小日子立刻飞跃进了“共产主义社会”。“土豆烧牛肉”早已是家常便饭，老家的亲戚也来得更勤了。

这样的美好生活一直持续到企业改制，厂里实行了承包经营责任制才画上了句号。

单玉兰当初进厂完全是作为田国庆的家属被照顾的，所以一直都是临时工的身份，这一改制食堂首先就被取缔了，她又大字不识几个，只得下岗回家了。田国庆的基建工作也风光不再，孩子们却越来越需要用钱了，单玉兰娘家人这几年早已习惯了被他们照顾的日子，城里所发生的各种变化根本就不是他们庄稼人搞得懂的，他们只想像从前那样，每次进城一趟都能满载而归。尤其是单玉兰的小弟弟连考了三年大学都落了榜，如今到城里来复读，自然是要住在姐姐家里的；妹妹的女儿也已长大成人，一心想要像姨妈一样嫁到苏南城里来，当然也需要在姨妈家先落下脚来。

生活又一次将田国庆夫妇逼入了窘境。

失去了工作的单玉兰只得重操旧业，不过这次比起十几年前要强多了，那会儿是在街头巷尾摆摊子卖馄饨、包子，现在手里还是有点积蓄的，因此在火车站附近租了个小门面开了个小饭店，起名“小乐惠”，卖着各种面食和炒饭之类的，也顺带着做几个小菜，什么盐水毛豆、盐水花生、凉拌海带丝、炒螺蛳、五香豆腐干、素鸡、荷包蛋之类的，生意竟出奇地红火，只是人辛苦点。

田国庆单位虽然在改制，但他还留在岗位上，好多同事都办了留职停薪的手续各谋生路去了，田国庆一时间还下不了决心离职，就这么不死不活地拖着，每天点卯应景。

单玉兰的小店里忙得人仰马翻，娘家的侄女儿李小娟、表侄女儿张小花全都在店里帮忙，叫田国庆也办个停职手续到店里帮忙，可田国庆却放不下这个架子来，不愿意到老婆手下混饭吃，但形势逼人，企业改制改着改着就改停产了，除了看门打更的和厂办的几个飞不起跳不高的所谓的老领导还留在厂里，其余人等全都下岗了。

田国庆不得不到“小乐惠”“上班”了，却是什么也干不了，什么也不想干，每天拿瓶酒坐在角落的一张桌子上，或一盘毛豆，或一盘花生米，又或一盘炒螺蛳，自斟自饮，抑郁度日。

单玉兰开始时还时常喊他帮忙搭把手，后来见他心不在焉的，常帮倒忙，起初急起来还会骂骂咧咧地唠叨几句，但他完全麻木的状态，搞得单玉兰也懒得管他了，由他去一个人、一盘小菜、一瓶酒地消磨一天；到后来田国庆喝高了，就拿店里的几张椅子一拼，睡在店里。单玉兰也没心思管他，忙了一天，她只想赶紧回家休息，田国庆睡在店里就睡在店里吧，只当看门打更了。

第三十三回

一帆风顺　单玉兰春风得意
两情相悦　张小花红杏出墙

火车站附近巨大的客流量，后厨只有单玉兰一个人完全忙不过来，于是她便又请了个大厨。

这天单玉兰站在柜台里看李小娟帮她记的流水账，心里盘算着是否需要再请个专做拉面的兰州厨师？现在只做午、晚两餐，是否要把早点也做起来？无意间瞥见田国庆不知从何时起变得整洁了，满脸的胡茬子剃得干干净净，整天耷拉着的老头衫换成了白衬衫，紧紧地束在裤腰里，连头发都梳得整整齐齐，也不再窝在角落里了，而是主动地帮着李小娟、张小花点菜、传菜，顺便还和客人闲聊几句，一副店老板的做派。单玉兰暗暗高兴，心想他终于是缓过劲来、想通了。

田国庆开始管事，单玉兰一下子就轻松了许多，晚上也能早点回家管孩子了。田国庆依旧住在店里看门，每天早早开门，店铺内外收拾得干干净净，单玉兰对此十分满意。不久又将隔壁做不下去的一家小饭馆给盘了下来，两边一打通，店铺里重新粉刷了一下，显得豁亮、气派多了。环境一改善，生意更好了！两个厨房一合并还多出来一小块地方，便隔了个小房间，放了张一米二的小床，田国庆晚上便睡在这小房间里。单玉兰想让厨师睡店里兼打更，可是田国庆不肯，说这些厨子都是外地人，不把握，反正自己也习惯了，就睡店里好了，早晨去菜场买菜还方便。单玉兰想想也对，也就不再说什么了。

自从嫁到田家，单玉兰就从未给自己过过什么生日，如今饭店的生意越来越好，又有两个娘家的侄女儿在，孩子们也大了，几个年轻人一商量，买了块大蛋糕，两个孩子一放学就奔到店里好赶上店里的晚饭时间，几个年轻人神神秘秘地关上灯，小清捂着单玉兰的眼睛，三个小姑娘将生日蛋糕点上蜡烛端了出来，着实给了单玉兰一个大大的惊喜。本来店里除了两个孩子是什么时候放学什么时候到店里吃一口就自己回家去写作业，其他人都是在晚餐的高峰到来之前，也就是上客之前内部人先吃饭，这会儿单玉兰一高兴，宣布今晚歇业，一家人连同店里的两个厨师和两个在后厨帮厨的厨娘，十个人，正好一桌，关上门，炒几个菜，开几瓶酒好好地庆祝一下。

除了两个孩子，每个人喝得都很尽兴，单玉兰怕影响孩子第二天上学，便要带孩子先回家，众人见她要走也就趁势道：“都散了吧，今天也差不多了。都没少喝呢！”众人让单玉兰和孩子先走，两个厨师都有点喝高了，田国庆便让他们也先走了，两个厨娘收拾碗筷，李小娟和张小花拖地、抹桌子，全都收拾干净了，也就都走了，留下田国庆一个人，放下卷闸门，熄了灯，洗漱完毕也回自己的小房间休息了。

李小娟和张小花住在单玉兰给她们租的饭店附近的小巷子里的民房里，这样上下班几分钟就能回到宿舍，不但方便还相对比较安全，因为小店有时候关门有点晚，两个小姑娘再往单玉兰家里跑，虽说离得也不算太远，但总是让人有点不太放心。难得今天下班早，李小娟乐坏了，小姑娘和同在一条街上的一家饭店里的一个老家安徽的厨师好上了，知道家里人不可能同意的，因为家人把她送到无锡之前早就关照过她了，一定要谈个无锡本地人，所以两个年轻人只好偷偷来往，这个秘密当然瞒不过住在一起的张小花。于是张小花便成了李小娟的掩护者，时常帮她圆个谎什么的。张小花有时晚上出去，玩到大半夜才回，李小娟同样也帮她打掩护，对单玉兰只字不提，两个小姑娘自然而然地形成了攻守同盟。

难得今天下班早，李小娟对张小花眨眨眼，笑道：“你先回去吧。我待会儿回去。”

张小花抿嘴一笑道：“这么急着会情郎呀？他下班了吗？”

“我就急了，怎么啦？”李小娟娇嗔道，“我走啦！”

张小花看着李小娟的背影微微一笑，并没有走进小巷，而是折回了大路，绕到车站广场的门面房后面的一条巷子里。火车站广场门面房的厨房都设在后面的巷子里，有后门用于进货、出泔水。张小花来到一扇门前，轻轻敲了三下，小门应声打开，屋里并没有灯光，张小花一侧身进了屋，屋里的人随手就在她身后推上了门，锁上保险，一把将她搂到怀里，笑道：“就知道你这只馋嘴的小花猫不能就这么老老实实地回去睡觉了。”

“怎么？你不想要我来？那我转去好了。”张小花故意噘嘴道，说着作势要走，伸手扭开门锁上的保险，黑暗中的男人伸手抱住她，一边往床上拥一边轻声笑道："想想想，都快想死我了。"

"骗人。"张小花伸手撑住男人贴过来的脸，"昨晚上还在一起的，今天就想死了？"

"那这也有二十四小时了呀，我恨不得分分钟都搂着你呢。"

"……"

且说单玉兰安顿好孩子，一个人洗漱完毕躺到床上，也许是今天喝了两杯的缘故，单玉兰破天荒地想起田国庆，掐指一算，田国庆住在店里已经一年多了，自己每天风风火火地忙前忙后，两个人虽说天天见面但几乎都没说过几句与生意无关的话。单玉兰起身到两个孩子的房门口听了听，孩子们都睡着了，儿子小清居然还打起了小呼噜，单玉兰忍俊不禁，悄悄地捂着嘴笑了。她轻手轻脚地将新买的轻骑"小木兰"推出门，他们现在还仍旧住在田国庆单位的房子里，她怕吵到隔壁邻居，一直把小轻骑推到大路上才敢点火发动。

单玉兰到了饭店后厨门口又有点犹豫了，她居然有些不好意思。田国庆会不会觉得自己老不正经，老夫老妻了还想胡心思？她摸出钥匙站在门口，纠结着到底开不开门？是自己开门呢？还是敲门让田国庆开门呢？思想斗争了半天还是既没勇气开门，也不好意思敲门，轻轻叹了口气打算回家拉倒，却突然隐约听见屋内有女人的笑声，单玉兰一惊，连忙将耳朵贴到门缝上，后厨简易的小门一点也不隔音，尽管屋内的人已经尽量压低了声音，单玉兰还是一下子就听出来夹杂着浓重的苏北口音的无锡话出自表侄女儿张小花：“哎呀，表姨父，你哪会每次都没得够啊？”

“好宝贝，再来一次，就一次。”说话的分明是田国庆，“我的小花猫，给姨父学个猫叫，我就喜欢听你学猫叫。”

“喵呜！喵呜！”张小花“咯咯”笑着学着猫叫。

……

单玉兰倚着墙慢慢地瘫软在地上，屋内的动静声声入耳。她一下子明白了为什么田国庆忽然精神起来了。她真想一脚踹开门冲进去给这对狗男女一人一顿大嘴巴子，她想指着他们的脸问问他们是什么时候勾搭上的？怎么勾搭上的？怎么好意思勾搭在一起的？她每天忙得像只陀螺，整个没有停下来的时候，她满心想的全都是这个家，全都是要活出点样子来，叫那些曾经轻视自己的人刮目相看；可是现在她觉得自己的世界一下子全都崩塌了，什么都没有了。她靠在门上，明明是初夏天气，她却感到彻骨的寒冷，屋内的喘息声堵得她透不过气来，她屏住呼吸，扶着墙慢慢站起来，门钥匙和车钥匙、两把店铺的卷帘门钥匙系在一块，小小的几把钥匙仿佛有千斤重，单玉兰费尽全力才举了起来，无声无息地打开了房门。

她看着床上惊慌失措的男女，脑袋里一片空白。

张小花突然回过神来，“扑通”一声跪到单玉兰面前，失声痛哭，她本来想说：“大表姨，我对不起你。”之类的话，可是话到嘴边却一个字也吐不出来，哽在喉头，只得哀哀地哭泣。

“你倒还有脸哭。”单玉兰看着赤身裸体的张小花，一阵恶心，冷笑道，“我还没哭呢！”一抬眼又看见坐在床沿上拿一条毛巾被遮着羞处、满脸尴尬的田国庆，突然地悲从心生，万语千言，化作两行热泪，簌簌落下。她憋着气无声地抽泣了一会，深深地吸了一口气，转身走出小屋，跨上“小木兰”，想要点火，连打了三次，都没点着。她的手不停地颤抖。田国庆已穿好衣服跟了出来。单玉兰这个样子他的确是不太放心。见单玉兰打了几次火车子都没点着，田国庆上前抢过钥匙，一把点着火，跨上车道：“我送你回家。”

“我还有家吗？”单玉兰喃喃道，失魂落魄地跨上后座，车子很小，她下意识地扶住田国庆的腰，“去妈家吧。”

“去那儿干吗？”田国庆径直往自己家开。

“去你妈家。”单玉兰突然尖叫道，她要让自己的声音盖过小马达的轰鸣声，“不然我就跳车。”

田国庆暗自思忖了一下，只得将车开往父母家。

单玉兰的父母都在苏北，除了桂生和卫青，她想不出这样的事情还有谁能为她做主！

桂生和卫青白天刚送走了女儿一行人，张国华和张立新一起开车送魏瑶瑶到上海乘飞机去巴黎留学，经过无锡特意到桂生和卫青处道个别；两位老人忙了一天都有点累了，早早便睡下了。田国庆见他们的灯都熄灭了，便打算回家去：“你看他们都睡了，有什么事我们回家说去，行吗？”

“不行。”单玉兰跨下小摩托车。

桂生他们如今住在单位分派的新村福利房里，年纪大了，懒得爬楼，便挑了个一楼，还带个小院子，桂生闲来便在院子里种些瓜果蔬菜之类，一来打发时间，二来也是个乐。

单玉兰几步跨到桂生门前，按响门铃，屋里的灯应声亮了，过了一会儿桂生才扶着头打开门，显然半夜被吵醒她有点头疼。单玉兰知道她有头疼病，但此刻也顾不得了，上前一步扶住桂生。

“这半夜三更的，就你一个人？”桂生道。田国庆在外面已将车子停好，也跟了进来，随手关上房门，卫青也闻声出了房间；房子虽是新的，但有些家具还是旧的，客厅里依旧放着从前用惯了的八仙桌，卫青和桂生在八仙桌两侧的椅子上坐下，田国庆和单玉兰也在旁边的一对木扶手的布沙发上坐下；“说吧。”桂生上下打量了一番儿子、媳妇，“看你们这样，肯定没好事啊！”

“妈！”单玉兰刚开口喊了桂生一声，眼泪便如同断了线的珠子，怎么忍也忍不住了，一串串地滚落下来。

第三十四回

伤心欲绝　单玉兰求助公婆
忙中出错　田卫青横遭车祸

单玉兰哽哽咽咽地说出了事情的原委，卫青听了猛地一拍桌子骂道：“妈了个巴子的，你个畜生，老子一脚踢死你。”说着猛地站起来打算冲过去揍儿子一顿，不料起得急了，一阵眩晕，晃了两晃，一屁股跌坐在椅子上。老头这两年好多部件都不太好了，尤其是心脏还经常搞个早搏二联律、三联律之类的，不宜激动，偏偏是年纪越大、脾气越大，常把自己气得不是吃速效救心丸就是含硝酸甘油片；这会子桂生见他又有点情绪失控，赶紧从八仙桌的小抽屉里拿出一小瓶速效救心丸递给他，卫青接过来，倒了几粒在手心里，放到嘴里一仰脖子就着唾液便咽了下去，停了几分钟才缓过劲来。田国庆也忙到厨房里倒了杯水，又把桌上茶壶里的凉茶添了点在杯子里，放到卫青手边。卫青一抬手，将杯子扫落在地，杯子立时就碎了，水也洒了一地。

“神经哦！”桂生道，“有话说话，有事说事，摔什么东西呀？不要钱买的呀？！”说着打算站起来收拾地上的碎片，一时间却并没能马上站得起来，只好拿手攀住桌沿，就着一把力才站了起来。单玉兰见状只得抢先一步到厨房里拿了扫帚、簸箕出来，将地上的玻璃碎片扫了，又拿了拖布将水拖净，这才重又坐回沙发里。

这么折腾了一番，单玉兰的心突然就平静了下来，她望着白发苍苍的两位老人，忽然觉得自己真的好幼稚啊！他们两个自顾都不暇了，她居然还指望他们能给自己做个什么主？！她不由苦笑了一声道：“爹、妈，你们休息吧，我走了。”桂生闻言招手道：“玉兰啊，你去哪儿呀？”

“回家。”单玉兰说着站起身，“回我自己的家。”说着出门点着火，开着“小木兰”一溜烟便没了影了。

桂生气得拿手指点着儿子，好一会儿才说出话来：“你还坐着干什么？还不快回家看看去？”田国庆愣了一下道：“外面车钥匙呢？”桂生指了指门口的鞋柜道：“那上边。”田国庆骑了父亲的自行车尾随单玉兰而去。

桂生和卫青到底放心不下，俩人便骑了桂生的车，追在儿子后头；卫青在前头使劲地蹬，桂生坐在后头不停地问：“前面那个是国庆吗？”“他们是往家方向去的吧？”卫青的心“扑扑统统”地跳着，听见桂生的唠叨格外心烦：“你哪来那么多废话？”两个老者火急火燎地赶着路，看见路口有红灯，四顾无人亦无车，卫青便脚下一使劲想要冲过去；再没想到这半夜三更的马路上居然有一辆大货车疾驶而来，两道白光耀得卫青和桂生眼前一片茫然，伴随着卡车尖锐的急刹车声，卫青的车倒在了马路中间，坐在车上的桂生也一起被结结实实地摔倒在地。

卡车司机吓得连滚带爬地下了车，跑近一看，两个满头白发的老人倒在车前，车胎上凸起的花纹不偏不倚地正好碰在老头的头发梢上，老太太倒在不远处同样是昏迷不醒的状态。卡车司机赶紧哆哆嗦嗦地跑到路边的公用电话亭报警。不一会儿，警车、救护车都呼啸而来，两位老人被紧急送往医院。

桂生还好，只是一点皮外伤，卫青表面上毫发无损，但屎尿却积了一裤子，苏醒过来见到坐在床边的桂生，怔怔地看了半天，不但一个字都发不出声来，似乎连人都不认识了。医生说是摔倒时撞击到后脑，外加惊吓所致。虽然田国庆和单玉兰接到警方的通知也赶来了，但桂生依然不顾劝阻没日没夜地坚持要守在病床前，田国庆怕她这样扛不了几天自己也得垮掉，麻烦更大了；便和单玉兰商量了一下，干脆将病房里的另一张床铺也包了下来给桂生住着，这样反而方便照顾，免得两头跑了，又要照看住院的老父亲还不放心家里的老娘；他和单玉兰两个每天轮流值班守护，众人哪里还有心思烦那张小花的事情。

卫青住院的事国庆并未通知单玉田和田国民，心想事情还没到那一步，暂时也就没必要让他们千里迢迢地赶回来了，只是通知了离得比较近的国华，不过国华虽来探望过几次，但每次待不过三两天又得赶回南京去，因为张立新如今也是一身的病痛，虽说有保姆、有护士、有勤务兵，可就是离不开国华。桂生觉得张立新真可算是把自己的一生都献给了党，现如今眼面前却就只有国华这个养女了，按说他那同胞兄弟张得宝一家也在南京城里住着，相互之间也能有个照应，但自从1980年桂英去世后张得宝又娶了个比自己小了整整三十岁的小保姆后就和张立新、常桂生等人都不大来往了，后来张得宝居然老树发新芽，那小保姆竟替他生了个儿子，算来那孩子小学都快毕业了。张立新到底还是看不惯张得宝的做派，因此张得宝的儿子张贺满月时请他去赴宴他并未赏脸，兄弟二人也就从此断了往来。张得宝怕桂生心里难过，儿子满月并未通知桂生一家，因此等于是和桂生这门亲也绝了。所以国华来探视卫青，桂生每回也是催着她回南京去，国庆也一再叫国华放心，跟她说店里做好了饭菜，由李小娟负责送到医院，两个孩子每天放学也都先到医院里看看爷爷、奶奶。诸事妥帖，无须挂念。

如此一百多天，卫青竟渐渐地有所好转，也认识人了，话也能简单地说几句了，只是大小便还时常难以自禁，但他自己不肯在医院里躺着了，非要出院回家。众人拗不过他，只得替他办理出院的手续。

回到家，那肇事的卡车司机来过几次，每次都千恩万谢地感激田氏一家通情达理，没有一个人不讲理、胡搅蛮缠的；来得多了，和田国庆攀谈得熟了，那田国庆很早便在社会上混，本来就带着些江湖气息，又好的是呼朋引伴，后来竟因为皆姓田，又都在国字辈上，居然和那司机田国富结成了异姓兄弟，以致后来沾着田国民的光，俩人合伙搞了个物流公司称霸辽宁的锦州港，这些皆是后话了。

第三十五回

兴师问罪　张小花进退两难
机缘巧合　袁玉荣喜获助手

一连几个月，不但是田家人，连单玉兰店里的人因为要替卫青做一日三餐饭，也搞得仿佛全都沉浸在田卫青的车祸事件中，所有人都忙得团团转，张小花的事本来就无人知晓，这一来变得就像是什么也没发生过一样了。

张小花心里暗暗着急，可是又说不清到底急什么？她并没有想过要让田国庆和单玉兰离婚，也没有想过要嫁给田国庆，可是事情既然已经被单玉兰知道了，就这么不提不说的，尤其是田国庆近几个月因为要照顾父亲，搬到了父母家里住去了，白天在店里看见她，居然还躲闪她的目光，这让她突然感到无比的愤怒，难道这就算完了？可是不完她又能怎样呢？她忽然十分渴望自己怀孕了，这样她就能有个合适的理由让这件事情像一桩事件了，可是这对她自己有什么好处呢？难道她不想嫁人了？不想有自己的生活了？更何况怀孕这事可不是想想就有的。可是自己一个黄花大闺女就这么莫名其妙地失身了，总得有个说法呀！思来想去了好些日子，她最终决定去找常桂生。她知道这个家里的日常事务基本上都是常桂生做主。

于是张小花买了点水果拎着，趁着自己休班的时间来到常桂生家里，桂生对于张小花的到来有些出乎意料，但还是客客气气地将她让进屋里。张小花放下水果，进屋看了卫青一眼，又问候了几句，卫青却是认不出她了，倚在床头，看着张小花，例行公事似的点头道："谢谢，谢谢。"他现在只能对每一位来访的客人都说着同样的话。

桂生将张小花引到外面客厅的沙发上坐下，给她倒了杯水，张小花连忙起身道："奶奶，您坐，我自己来。"桂生笑道："没事，你是客人，坐着吧。"桂生倒完水坐到桌旁的椅子上，她坐不惯沙发，觉得窝得难受。她打量着张小花，正是青春好年华，浑身紧绷绷的，无处不散发出一股蓬勃的生命力，她估计小姑娘今天上门十有八九是来讨说法的，所以她不能先开口，她得让小姑娘把想说的话先说了，也许她这会子笑盈盈的，待会说说就装不下去了，就该哭鼻子了。桂生心里想着，下意识地转脸看了看旁边的五斗橱上，那儿正好有一包面巾纸。

张小花被桂生打量得有点不自在，额头、鼻尖上都开始慢慢地渗出汗来，好几个不眠之夜组织起来的话语一时间竟找不到头绪了；正当她渐渐地如坐针毡之际，门外响起了敲门声，桂生一惊，心想："千万别是国庆回来了，这会子回来可真不是时候呢！"张小花瞄了一眼墙上挂的钟，心想："没准是他回来了，这个点他应该回来送晚饭了。"这几个月每天田国庆总在店里的员工吃饭前先盛一份送回家，再回店里去帮忙。

正愁找不到话头的张小花连忙起身道："奶奶您坐着，我去开门。"说着抢上前拉开门，桂生只好坐着静观其变。张小花的脑子快速地运转着，怎样才能给田国庆一个下马威式的表情呢？不料门外却站着一个身材高挑、衣着时尚的女人。"你寻啥人？"张小花的无锡话有一点洋泾浜。

"这儿不是田卫青家吗？"那女人满嘴京腔。

桂生闻声问道："啥人啊？"

那女人伸头看见桂生，立刻换了无锡话叫道：“舅婆。”说着一步跨进屋里，“是我呀！”

“玉荣呀！”桂生喜道，“你这个死毛丫头，还知道回来呀？”

玉荣将门外的行李箱拖进屋，看了看张小花道：“她是谁呀？新请的小保姆呀？你和舅公这把年纪了，的确应该请个人照顾照顾。”说着扭头看着张小花笑道，“老家是哪儿的？来了多久了？”

张小花窘在门口一时不知如何应答，桂生作势打了玉荣一下道：“你个抢话精，胡说八道什么哪？是你二舅母的娘家表侄女儿，叫张小花，在你二舅母店里帮忙的，今天过来看看你舅公的。”

玉荣哈哈一笑道：“是吗？搞错了。”又上下打量了一番张小花，“真的和二舅母长得很像哎！也是个美人呢！不是说二舅母在火车站那儿卖包子、面条什么的吗？那岂不是太可惜了？不如跟我去北京吧，我正缺个可靠的人帮我拎包呢！你什么毕业？”玉荣的嘴吧啦吧啦像挺机关枪似的，一边说一边放倒大行李箱，把带回来的北京特产一一放到桌上，“舅婆，这是京八件，你看看，这一大盒里什么都有，冰糖葫芦、羊羹、驴打滚、金丝卷、什锦果脯、艾窝窝、豌豆黄、茯苓夹饼，齐全吧？”

桂生笑着连连点头：“齐全齐全，你买这么多小零食都给谁吃呀？！家里又没有小小孩。”

“您和舅公呀！”玉荣说着又拿出一大盒，“放心，忘不了您孙子、孙女儿，喏，这是给小丽和小清的。看，还有北京烤鸭，全聚德的，舅公最喜欢了。对了，舅公人呢？出去下棋了还是去打麻将了？”

“唉！”桂生长长地叹了口气道，“这下他哪儿也去不了了！屋里躺着呢！”

“是吗？怎么啦？”玉荣惊道，说着赶紧进屋看视，卫青开始没能认出她来，桂生一旁大声道：“玉荣，这是玉荣呀，思青家的老二玉荣呀，她从北京回来了，特意来看你的。”又举着烤鸭道，“你看，这是她特意孝敬你的烤鸭。高兴吧？”

“高兴。”卫青面带笑意，“玉荣，玉荣。谢谢，谢谢。”

“舅公可真讲礼貌啊！”玉荣哈哈大笑，故意逗卫青道，“跟我还五讲四美文明用语哪！”

“他现在跟谁都说谢谢，这两个字他如今说得最利索了。”桂生道。

玉荣又问卫青怎么突然变成这样了？桂生说是车祸后遗症。又将出事过程大致说了一下，不过并未提及国庆和玉兰之事，玉荣便要找那肇事的司机算账，桂生叹气道：“唉！算什么账呀？我们自己闯红灯在先，何况你二舅都跟人家结拜了兄弟了，人家给我和你舅公也磕过头了。”

“那你们就这么就算了？”玉荣瞪大眼睛道。

“不算还能怎么样？”桂生道，“人家又没不认账。都是命中注定的，随他去吧！”

“我二舅可真行。居然和撞伤自己老爹的人结拜兄弟，真是不服都不行！”玉荣摇头咂嘴道。正说着，田国庆开门进来，看见张小花先是一愣，不禁脸一红，未及开口玉荣叫道：“哎呀，二舅，真是说曹操曹操到呀！”

“玉荣？你怎么回来了？”田国庆喜道，“你都有两三年没回来了吧？”

“二舅，你也不关心我呀！离着上回过年聚会，我都三年多没回来了！”

“……”

站在一旁听他们一家人寒暄的张小花站也不是，坐也不是，只好尴尬地对桂生道："奶奶，我先走了。"

"哎！别走啊！一起吃饭吧！"玉荣道，"我刚刚说的是认真的，我正想吃饭的时候跟你聊聊呢！我可真缺人手呢！"又转脸对田国庆道，"二舅，这么漂亮的小姑娘放你们那店里实在是太可惜了，让给我吧，你跟我二舅母说说呗。"

"什么就让给你了？"田国庆心中一阵慌乱，强笑道，"你没头没尾的，说什么呢？"

"喏，她叫什么来着？"玉荣指了指张小花。

"张小花。"桂生道。

"对，张小花。"玉荣道，"我想让她跟我去北京，正好我现在缺个可靠点的生活助理。"

"你不是跑龙套演戏吗？什么时候成腕儿了？就要配备生活助理了？"国庆笑道。

"嗨！二舅，您还别笑话我。"玉荣笑道，"折腾了好几年，我可终于是活明白了，我呀，压根儿就不是那块儿料。"

"那您是哪块儿料呀？"国庆故意撇着她的京腔笑道。

"真的，我就不是当演员的料。"玉荣摇头晃脑地笑着，“我现在给那帮丫的当经纪人呢。”

“经纪人是什么人？”桂生奇道。

“这么说吧，舅婆，就是那些个演员想把自己个儿卖个高价呢又不好意思跟人讨价还价，我呢就负责帮他们讨价还价去。”

“这叫什么生意？！”桂生摇头道，“人贩子？玉荣啊，犯法的事可不能做呀！”

玉荣、国庆连同张小花都忍不住笑了起来，玉荣笑道：“哎哟舅婆，您老可真逗。您放心好了，犯法的事儿我肯定不做。”

“那就好。”桂生点头道。

张小花到底成了袁玉荣的所谓生活助理，毕竟哪怕是干同样的事，一边叫作服务员，一边叫作生活助理。所以张小花毫不犹豫地选择了听上去要洋气许多、高档许多的后者。后来的岁月里她更加钦佩当年懵懂无知的自己仅凭直觉所做出的人生抉择是多么的明智：一边接触的是五湖四海的贩夫走卒，一边见识的是叱咤风云的商贾大亨；一边朝夕相处的是为求温饱的打工族，一边耳濡目染的是长袖善舞的追梦者。至于她和田国庆的那点小插曲早被她抛到了九霄云外。

第三十六回

寿终正寝　田卫青身登极乐
再世为人　常启东重现江湖

然而眼下卫青最终未能逃过这一劫，回到家在床上躺了半年不到，寿终正寝了，享年七十八岁。临终前几天，突然精神焕发，话也说得清楚明白了，桂生先是高兴，既而心有所动，悄悄对国庆道："你爹这个样子怕是不好了呢，你赶紧把他们几个都叫回来吧。"

国庆奇道："为什么呀？我看爹这两天精神特别好，病情也明显好转，饭也吃得多了。"

"唉！"桂生叹息道，"只怕是回光返照呢。"

国庆犹豫了一下，还是奉命给所有的亲亲眷眷的全都打了电话，第二天，常桂联和儿子常启福离得最近，到得最早；田国民正好在深圳参加一个什么MBA的培训班，接到电话直接从深圳赶回无锡；玉荣可巧在苏州出差，接到电话便顺便和袁平安说了，袁平安二话没说放下手头的事便和玉荣一起从苏州赶来了；南京的张立新、张国华以及在南京上大学的葛辰辰都来了；卫青的两个哥哥嫂子前几年早都去世了，这回几个侄儿带了各自的老婆孩子第三天中午也从苏北赶来了；北京的常启霞和常雨烟的两个女儿下午也到了；东北的单玉田和文秀梅带着两个儿子建设与和平以及儿媳妇们、两个小孙子，因为交通不便，一直到第三天傍晚时分才赶到。卫青见了众人，十分高兴，环顾一周问道："瑶瑶呢？"又望着张立新道，"得宝呢？"国华上前答道："爹，瑶瑶的飞机要到晚上才能到上海呢，已经让人去上海机场等着了。"

"噢。"卫青点点头，执着地看着张立新问道，"那得宝呢？"

张立新转脸对国庆道："老二，你给他打个电话，他要是想来要不了几个小时就能到。"

"好。我这就打去。"国庆对张立新笑道，"你老人家不发话，我也没敢通知二表舅呀。"

当天晚上，张得宝便带着儿子张贺一起来了，那张贺生得眉清目秀，像极了当年的张玉树，众人都是第一次见这孩子，见他不但长得好，还很有礼貌，又问了学习情况，皆称赞不已，张立新本来赌气不理张得宝，这会子见了面早将旧怨抛到了脑后，再见了张贺更加欢喜。不一会魏瑶瑶也到了，卫青看着屋里屋外满眼的人，心满意足地闭上眼睛。众人以为咽了气了，不料他缓了缓神又睁开眼睛环顾四周，众人不知他要找谁，桂生上前一步将耳朵凑到他嘴边，听见他轻声道："老三，老三呢？"

"你是要找国民？"桂生道。

卫青轻轻地闭了闭眼睛。众人忙一迭声地叫国民，田国民正和单玉田、田国庆在门外悄悄地商量后事呢。袁玉荣出来叫道："三舅，三舅，舅公叫你呢！"

"那你快先进去吧。"国庆道，"其他的事待会再说。"

田国民来到卫青床前，卫青拉着小儿子的手，眼睁睁地看着他，田国民不禁鼻子一酸，含泪道："爹，有什么话你就说吧。"屋里的人皆屏住呼吸，静听卫青的声音，许久方才听见卫青幽幽道："可惜，爹看不见你成家了。"桂生和国民闻言都忍不住掉下泪来，国民低头含悲笑道："爹，不会的，你肯定能看见的。"卫青握着国民的手，缓缓地闭上眼睛，轻轻地叹了口气，再无声息，过了一会儿手一撒，竟自去了。

众人顿时大放悲声。

卫青的葬礼主事由小儿子田国民总负责，那田国民虽说才二十八岁，但为人处世却是极其周全老到，安排了和平与建设给他自己做助手；老大单玉田与卫青和桂生单位的故人最熟，负责来宾接待；老二田国庆夫妇负责后勤保障以及法事工作，常启福夫妇配合；袁玉荣领着魏瑶瑶和雨烟的两个女儿负责女宾接待，那张小花跟着玉荣也一起来了，此时便给玉荣等人打打下手、跑跑腿、递递话什么的。老大媳妇文秀梅领着两个儿媳妇负责照应家中亲眷以及孩子们；张国华专门负责照看张立新、张得宝、常桂生、常桂联夫妇以及常启霞几位老人，李小娟和葛辰辰配合。马家的四对儿女、常桂联的五朵金花夫妇、单玉民夫妇皆是后来陆续赶到的，田国民便叫他们自己看着办，哪里需要哪里去。唯有雨烟夫妇因为派驻海外没能到场。那常桂联却不要人照顾，非要负责和尚、道士们的法事这一块，田国民只得由着他的性子，又安排了常启春夫妇配合他。

那肇事的田国富哭得最为伤心，跪在地上磕头如捣蒜，声泪俱下，自责不已；桂生哭了几回，觉得头有些发沉，晕晕乎乎的，众人叫她回房间躺一会儿，她又不肯，国华只得找了把躺椅架在灵堂边上，让她先躺着歇会儿。桂生刚一躺下，单玉田带了个人匆匆进来凑到桂生耳边道：“妈，你看看，认识吗？”桂生眯着眼一看来人，立刻惊得瞪圆了眼睛，张大了嘴巴，忘记了头疼，使劲想要起来，一时却起不来，单玉田连忙从后面托了一把，将桂生搀扶起来。

这张脸，桂生只看过一眼，但到死都忘不了；是他，就是他，就算他架了副金丝眼镜，她也还是一眼就能认出他——常启东。

“启东？”桂生颤抖着声音，“你是启东？”

“是我，”常启东含泪笑道，毁了容的样貌笑起来看着有些狰狞，“大姑，是我。”

“你没死？”桂生上前一步握住常启东的手，用力摇着，“你还活着？”

“我的命硬着呢！”常启东笑道。

“启东回来了？”常启霞闻讯赶来，“人呢？人呢？”

“大姐。”常启东一眼便认出了常启霞，尽管她也早已经是满头白发。常启霞一见常启东的脸，吓得倒吸了一口凉气："亲娘哪，你怎么变成这样了？"说着走近前看了看常启东的左耳，耳根下赫然一颗大黑痣，她这才一把抱住常启东，失声痛哭道："我苦命的兄弟呀，你怎么成这样了？这是哪个天杀的干的呀？"常启东拍拍启霞的后背道："好了好了，陈芝麻烂谷子，不提也罢，我现在不是活得好好的吗？"众人这才留神打量常启东，只见他穿一身藏青色白细条纹西服，一尘不染，虽然满头白发，但梳得油光锃亮，一副精神矍铄的样子。

"启东啊，"常启霞看着弟弟被毁容的脸，担忧地问道，"你成家了吗？"

"大姐，你是怕你兄弟这个样子找不到老婆吗？"常启东哈哈大笑道，"我有三个老婆，今天跟我来的就是三太太。"

众人闻言皆瞪大了眼睛，桂生将信将疑道："人呢？你倒不怕犯法？"

"犯什么法？"常启东笑道，"我如今是印尼华侨，三个老婆，个个合法。"

众人看他得意扬扬，一副老小孩的样子，都忍不住笑了起来。桂生对一旁看热闹的单玉田和田国庆招手道："来来来，都别傻站着了，都过来认识认识呀！"指着常启东道，"你们得叫大表哥呢。"又对常启东介绍道，"这是老大国安，小时候你见过的。这是老二国庆。"转脸问众人道，"老三呢？"

单玉田道："我去喊去。"出去将田国民找来顺便将守候在外的三太太一起领了进来，屋里常启东和众人也一一见过，见三太太进来，便叫她给常桂生磕了个头，笑道："这也算是我们常家的活祖宗了。"桂生看那三太太年纪不过四十岁上下，生得眉目清秀，皮肤白皙，并不像东南亚的人种，一问才知也是无锡人，到印尼不过十来年的工夫，巧遇号称纵横黑白两道的地产商人常启东，两人对上眼了，常启东见她说一口流利的英语，又会说马来语，还是家乡人，便将其娶回家中做了三太太，虽无所出却也十分宠爱。这次回国实则是三太太不甘心锦衣夜行，一心想要衣锦还个乡，常启东并不知晓家中情形，只想顺便访一访，没想到一下子便找到了，更没想到居然撞上了卫青的葬礼。

那常启东见了田国民，看他说话做事干脆利落，十分投缘，聊了几句，知道他如今刚收购了一家国营的石棉矿，便说起自己在印尼也买了几座山，两个儿子找人勘探了一番，说是有镍矿。田国民一听来了精神，便约好改日细聊。

卫青的葬礼结束后，众人也纷纷散去，只留下三个儿子、两房媳妇，单玉田竭力劝说桂生去东北住一阵子，换换环境，免得触景生情，徒增伤悲，桂生只不肯去。文秀梅道：“妈，你看老三都快三十了，追他的姑娘一打一打的，也不知道他到底要找个什么样的？你不管他，天晓得他要晃荡到几时呢？反正我们谁也管不了他！”文秀梅的话一语中的，桂生想了想终于点头同意前往东北。

这一去，桂生才知道那个曾经调皮捣蛋、三天不打上房揭瓦的小儿子田国民已然是辽宁商界的风云人物了。桂生更没想到，自己这把年纪，到了东北竟然又看了一番万丈红尘中的风云变幻。

欲知常桂生到了东北究竟又遇着了怎样的奇人异事，且看本书姊妹篇《万丈红尘》。

（完）